評伝小説

岩田義道

その愛と死の紀念塔

平井利果

風媒社

岩田義道　―その愛と死の紀念塔―

目次

岩田義道の墓碑

出会い

岩田義道《よしみち》の名を、私が初めて知ったのは、一九九三（平成五）年の秋、新聞の地方版の隅に載った数行の記事からである。木曽河畔にある彼の墓前で、有志が集まって墓前祭が行われたというような内容であった。

岩田義道の碑も、彼が生まれたという場所も、私の住んでいる家から、車で一五分足らずの場所であることもそのとき知った。私はその記事を切り抜き、他の雑多な切り抜きといっしょに空き箱に入れておいた。一度たずねてみようと思ったのである。

そのとき、私は、岩田義道について、全く無知であった。

その後、岩田義道がかつてこの近くにあった木曽川尋常小学校（現木曽川西小学校）

の教師であったことを知った。私も同じように小学校の教師であった。そして彼は、治安維持法によって捕えられ、獄死したことも分かった。

何故、岩田義道は捕えられたのか。そして何故死なねばならなかったのか。岩田義道とはどんな人物なのだろう。どんな教師だったのだろう。

今、私が住んでいるこの町に、そのような先輩がいたことも驚きであった。

私は強く興味をそそられ、岩田義道についてもっと詳しく知りたいと思った。

さっそく、碑の近くに住んでいる信頼できる友人の一人を、学校の終った夕方、喫茶店に誘った。そして碑のことをたずねてみた。

「あなたの家の近くに住んでいたという、戦前、獄中で虐殺された岩田義道のこと、知ってる?」

彼女は、声をひそめて、

「うん、聞いたことある。小さい頃、おじいちゃんが話していて、何となく聞かされていたから」

「岩田義道の碑のあるとこ、どこかわかるかなあ」

「ううん……たぶん、木曽川沿いの共同墓地だと思う」

彼女は、私の目を見て、真顔になった。ないしょ話をするようにいっそう小声になり、顔を近づけてきた。

「タバコ屋のおっちゃんが岩田義道の研究家だって聞いたけど、あのおっちゃん、私の小学校の頃、かなりの歳にみえたから、もうよぼよぼじゃないかな。会って聞くんなら早い方がいいよ」

と言い、さらに、

「でも、おっちゃん、あんまり話したがらないみたいなので、急に行っても用心して話さないと困るから、誰かに紹介してもらった方がいいと思う」

と言う。なるほど彼女の忠告はもっともであった。

さっそく、日本共産党の市会議員の花木氏を介して、岩田義道研究家と自認するタバコ屋のおっちゃんこと、加藤義信氏を訪ねることにした。

花木氏は、電話口で、

「加藤さんは、どういうわけか、少し前、岩田義道に関する資料のいっさいを某大学教授に譲ってしまったらしいですよ」

と言う。

「それはまた、どうしてなんですか」

「それが、僕らにも全くわからんのです。何も語らんのです。我々と一線を画していますから」

そんな彼が果たして、私ごときに何かを語ってくれるだろうか。期待は持てないなとその時、私は思った。

一九九四（平成六）年、皮肉にも、昭和天皇の誕生日であった四月二九日、岩田義道のことを聞くために、私は花木氏に同行してもらい、加藤義信氏の家を訪問することにした。

その日は朝から、雲一つない快晴であった。緊張は解けないまでも、岩田義道を求めて、第一歩を進める日がやってきた、そんな高揚する気持ちだった。

すでに、タバコ屋はたたんでいて、その場所に真新しい二階建ての家があり、そこが加藤氏の住まいであった。

加藤氏は黒いベレー帽をかぶり、作業服の上下に茶色の縞の半纏《はんてん》を着て、背戸の畑から立ち上がって歩いて来た。

背が高く骨格ががっちりしていて、彫りの深い立派な風貌である。ことばなく頭をさげる。

まだ新しい畳の香が漂う座敷に通された。

螺鈿の座卓をはさんで、初対面の挨拶をする。加藤氏と花木氏とは面識があるが、気のせいか、二人には何かこだわりがあるように見受けられ、互いに気を許し合ってはいないようである。

加藤氏は、

「暮れに倒れましてね、ずっとふた月ほど寝ていました。何とか回復しましたが、また、いつ、倒れるかわからん体です。わっしももう八十ですから、何が起こっても、おかしくないですわ」

と言う。見たところ、顔色も良く、どこといって後遺症のような症状も見当たらないが、加藤氏が健康なうちに聞いておきたいことがいっぱいあるように思い、これから大丈夫かなと、少々焦りのようなものがよぎる。花木氏がいたわりの言葉をかけ、二人の間に世間話のような会話が続く。

花木氏はこの後、予定があるからと言って席を立たれた。

私は、花木氏を玄関まで見送った。その折、紙袋に入った一冊の書物を手渡された。

「僕が読んでいた本ですが、岩田義道のことが論じられているので、参考になると思うから差し上げます。読んでみてください」

私は、礼を言って本を受け取った。

座敷に戻って二人きりになると、加藤氏は多弁になった。私は、気を許して、何でも聞いていいような気分になっていた。

「岩田義道の資料を手放されたのは、どうしてなんですか」

「加藤は義道を食い物にしている、とある筋から言われましてね」

「ある筋？」

「確かに、新聞社や雑誌社に呼ばれて、座談会に出たりすれば、かなりな旅館でもてなされ、相応の謝礼ももらいますよ。しかしね、食い物にしていると言われては腹が立ちましてね」

言葉に力がこもる。

「息子の車に乗せてもらって、段ボール箱四杯はありましたか、その資料をK大学のS教授に渡しました。それらの資料が、大学の資料室の鉄の扉の中にすっぽり納まって、ガチャンと鍵が掛かった時、私はこれでいいと、ほっとしました」

「惜しいとは思われませんでしたか」

「うん、それはもう、ずいぶん苦労して手に入れたものもありますよ」

「ご自分で、義道のことを書くおつもりではなかったのですか?」

「勿論、そう思っていました。しかし、もう私は書けません」

「そんなこと、ありません。私にお手伝いできることがありましたら、させてください」

「これまでにも、いろいろなところから圧力がありましてね」

「圧力、と言いますと?」

加藤氏はさらりと言った。

「義道の娘さん、みさごさん、まだご存命でしてね、東京に住んでおられますが」

私の聞きたい話にだんだん近づいてくる。

「義道の伝記を書くのなら、母のことは書かないでくださいと電話で言ってきたうえ、手紙も来ましたよ。みさごさんのお母さん、すなわち義道の奥さんのことですがね、いろいろあるんですよ、この人が……」

私は急いで、準備して来たノートを取りだす。

「義道の奥さん、キクヨさんと言いますがね。義道が、キクヨさんと別れて地下活動に入っていくんですが、その時、義道は偽装結婚をしているんです。捜査の目をくらますために、よくあるんだそうだが、そういう女性もちゃんと準備されていたらしい」

私は身を乗り出して加藤氏の顔を見つめた。

「偽装結婚の相手の女性が、まだ生きているんです」

「ええっ、本当に」

私の体が熱くなり、胸がドキドキしてくる。

「その人からも電話がありました。私が岩田義道の妻です。義道のことを書くのなら、私が妻だと書いてください、とね」

「名前は？　その女性の名前はわかりますか？」

「え…え…と、そう、確か、阿部、阿部淑子《よしこ》といいました」

加藤氏から私が聞いた岩田義道についての最初の情報は、義道をめぐる二人の女性のことであった。しかし二人の女性から電話があったのは、二十年も前のことだという。

「わっしも義道の伝記を書くつもりだったんですが、わっしなんかが書いては、ただではすまされんと、身の危険を感じるようになったんです」

ここを訪れるまで想像もしていなかった話である。

「すべての資料を手離してしまったが、わっしの頭の中に入っていることは、全部、あんたにお話しします。どんなことでもたずねてください。義道のことを、あんたのような女性が書けば党以外の、もっと多くの人たちが読んでくれるかもしれません。ぜひ、わっしの代わりに書いてください」

加藤氏は心を開いてくれる、と私は感じた。

「わっしも、随分、足で回りましたよ。最初の奥さん、キクヨさんは四国松山の人だったから、松山にも行った。京都大学時代に下宿していたところへも行った。あの時の気持ちは、自分で言うのも何ですが、純粋なものでしたよ」

何故それほどまでに、義道のあとを追い続けたのか、それをゆっくり加藤氏に聞きたいと思ったが、ともかく墓碑を見たい思いが先に立つ。

「じゃあ、これから墓へ行きますか」

「ええ、加藤さんに初めてお目にかかって岩田義道のことをお聞きした、私にとって意義深い日ですから、ぜひ、お墓に連れて行ってください」

と、お願いする。

加藤氏の奥さんが急須を持って顔を出した。香ばしい玄米茶を湯呑に注ぎ足しながら、

「寿司でもとりましょうか」

と、どちらにともなく声を掛けてきた。古くからの知り合いの老夫婦の家を訪ねて、つい長居してしまった折に声をかけられたように、私はわだかまりなく迎え入れられたと思い、うれしかった。

「いや、これから墓へ行ってくるから、外で食うことにする」

加藤氏が、こう答えて立ち上がった。

道々、聞くところによると、加藤氏は岐阜県の出身で、昭和三〇年からここへ住み着いたという。

「私が岩田義道を知ったのは、大阪で万博のあった年でした。その頃、京都新聞社で仕事をしていました。婦人欄で平和の問題を取り扱っていて、私もそれにかかわっていましてね。日本共産党の宣伝文を読んだりしておりますと、戦前から戦争に反対し

ていた人々がいたってわかったんです。党の新聞『赤旗』も自分から申込みに行って購読するようになりました。そうしたなかで岩田義道という人が私の住んでいるこの一宮の出身だと知りまして、興味を持つようになったんです」

当時加藤氏は記者というより、いろいろな商店や会社に新聞広告の勧誘に行って、掲載が決まると集金し、歩合制で報酬をもらったりする仕事が主であるらしかった。足を使って取材できたのも、その仕事に負うところが大きいと思われる。

大股でそくそくと歩く加藤氏の後ろを、私は小走りで従った。

木曽川堤の登り口の小さな花屋で花を買い胸に抱えると、甘く柔らかい香りが、もやっと私の顔を包んだ。

木曽川をはさむ堤防の南側、すなわち愛知県側の堤防から、民家の建ち並ぶ道路に下りる。乗って来た車を団地の一角に止め、そこから墓地まで歩いて行く。地底に取り残されたような共同墓地だ。

頭上高く国道が走り、側面は団地の高い棟がふさぎ、背面にはトタン板の民家が接近している。片面にかろうじて堤防につながる細い坂道が見える。たくさんの墓石がひしめき合うように立ち並んでいる。墓所の入り口にある流し場で加藤氏が足を止める。私は、伏せてあった手桶の一つに水を汲んで片手に下げた。小さな柄杓を加藤氏が持ち、墓の間を縫って歩く。

墓所の一番奥の中央あたりに一段高くなった場所があり、楕円形の石がひとつ立っている。先を歩いていた加藤氏がその石の前で止まり、うながすように私を振り返った。

・

これがそうなのか。一歩二歩進んで石の前に立つ。

ナイフで削りとったような赤茶色の台座に、一メートルほどの丸みのある石が、深い緑色の苔をつけて立っている。ただ石だけである。碑面には、ひとつの文字も刻まれてはいない。加藤氏が一緒でなかったら探し出せなかっただろう。

何故文字が刻まれていないのか。いや、刻むことができなかったのか。私は花を抱えたまま、墓石に向かって立っていた。

それは、私の目にふっくらとした顔のように映った。右上から左下に傷跡のような亀裂が走り、両側が頬のように盛り上がっている。中央の突起が鼻のようだ。薄灰色の肌に黒線の筋が、幾条も台座に流れ落ちている。墓石は、見る人の心情によってさまざまに変化する不思議を秘めている。緑の水受けの中に溜まっているのは、夜来の雨の名残であろうか。

　墓石を支える台座をよく見ると、赤、茶、黒と、色も軟度も異なる大小さまざまな石が、あるものは鋭く尖り、あるものは丸く穏やかに、彼を支える同志のごとく群れて固まり、墓石の下にある。

　加藤氏が柄杓を渡してくれる。私は伸びあがって墓石の頭から何度も水を掛けた。花束を台座に立てかけ、初めて合掌した。

　加藤氏が碑の側面に回ってしゃがみ込み、手桶に残っていた水を台座の横に掛けた。水で泥を落とした足元の石に、私は文字を見た。

　　人民解放の先駆
　　岩田義道
　　一九三二年十一月三日
　　白色テロルの下にたおる
　　　一九四八年十一月三日建碑す
　　　　野坂参三書

しゃがみ込んで覗かなければ、見落としてしまいそうな位置である。何故、こんな見えにくい場所に文字を刻んであるのか。

台座の割れ目から、太い黄緑色の茎が一本たくましく伸びている。名も知らない小鳥が尾を振って墓碑の先にとまり、また飛び立って行く。私は、隠れるように刻まれている台座の文字をしっかりと頭に入れた。

碑に向かって無言で会釈した。そして心のなかで語りかけた。

（義道さん、あなたのことをもっと知りたいのです。また参ります。どうぞ私を導いてください）

両手を合わせ頭を垂れ、長く祈った。

一、二歩、歩きながら加藤氏は何を思ったか、ぽつりとつぶやいた。

「人間の勇気なんて、命がけのときしか、わからんもんですね」

私は、その言葉を聞いて、また墓碑を振り返って立ち止まった。

「勇気」、この一言に込められた加藤氏の想いを、私は何か、目に見えない重い透明なものを投げられたように受けとめた。

加藤氏と私は、言葉少なに墓碑を後にした。

国道沿いの粗末な喫茶店に入った。

軽い昼食の後、義道の生家跡に案内してもらう。

由緒ありげな神社の前をほんの少し西に進むと、道路に沿って家屋が集まっている。道から数メートル奥に入った家の玄関先の短い雑草の茂る土の上に立つ。

今はもうこの土地は人手に渡り、別の人が家を建てて住んでいる。

軒下に幼児の下着や靴下などの洗濯物が揺れている。六、七十年前、ここにどんな人がどんな暮らしをしていたのか、今ここに住む人は知る由もないであろう。

私が、今立っているこの土の上を、義道も幼い足で踏みしめ、時には、このあたりに小便をひっかけたかもしれない。戸口を駆け出して学校へ通ったかもしれない。

思いをめぐらしながら路地を出ると、アスファルトの道をはさんで、眼の前が木曽川である。

「義道の父親と母親が、この木曽川で船頭をやっていたんです」

と、加藤氏が教えてくれる。

私は無言でうなずき、加藤氏と並んで川の流れを見つめていた。

穏やかな春の陽を、白く川面にきらつかせながら、川は滔々と流れている。道に沿った菜の花畑の向こうは、石のごろごろした川原である。幼い義道はここを駆け抜けて川原に出て、格好の遊び場としたに違いない。

この川辺を裸足で駆け、水浴びをしたり、釣り糸を垂れたり、ときには、両親の船に乗せてもらって、小さな手で竿をあやつったりしたのであろうか。

私は惹かれるように、草むらの中を水際まで歩き出した。畑でえんどう豆が小さな白い花を咲かせて揺らいでいる。お互いに絡みつくことで安定を得、それでいて、それぞれ気ままな向きに伸びている。繊細でどこかなまめいた糸のような蔓の先が、アルファベットの文字を描くようにくねり、余白に暗号めいた記号を留めている。

この木曽川を越えると岐阜県である。対岸に延びる赤い鉄橋を下から見上げる。自動車がひきも切らず通り抜けていく。

そこから、私たちは旧木曽川西尋常小学校跡に向かった。この小学校は岩田義道が、母校の小学校の代用教員から、師範学校に進み、晴れて念願の正教諭となり、新任教師として赴任した尋常小学校である。今の名称は木曽川西小学校である。

校舎はカラフルな三階建てに変わっているが、場所は当時と変わっていないという。理想に燃えて教壇に立った岩田義道がその第一歩を下ろした学校である。

教師にとって新任校は初恋の人のようなものだよ、とかつて新任教師だった私に笑って声をかけてくれたのは、校長だった。

日々の教室で、失敗に涙を流し、些細なことを喜び合い、ともに苦しみ、笑い合った。新米教師だった頃が蘇った。

校庭の南端にはペンキで塗られた遊具や、高低をつけた鉄棒などが、祭日とあって、主を失った、ただの道具然として立っている。

運動場の真ん中あたりまで、ゆっくり歩を進める。

薄い靴底を通して足の裏に土の感触が伝わってくる。

私は教師になって二十年余、雨が降らなければ毎日運動場に出て、朝礼をし、体操をし、ボールを追いかけ、子どもとともに過ごしてきた。だが、こんなに心を込めて運動場を歩いたことがこれまでにあっただろうか。

私が今踏んでいるこの土の上を、小倉のズボンに白いシャツ姿の義道が、汚れた筒袖を纏った子どもたちといっしょに、陽光を体いっぱいに受けて、走り回っている。

裸足であったかもしれない。子どもたちに混じってボールを追い、相撲に興じていただろうか。

それから向きを変えて、今の鉄筋校舎に木造の校舎を重ねてみる。

教室の一角から義道の声が流れてくるのを聞き取ろうと耳を澄ます。彼の声は張りのあるあたたかい声だ。穏やかでときにはユーモラスでさえあるだろう。

「校舎の近くに当時の教え子が何人かおりましてね、会って話を聞きましたよ」

加藤氏の突然の声に、私は現実の場に引き戻された。

この後も、加藤氏は、好意的に会ってくれるようになり、彼が知る限りの情報を私に伝えてくれた。幼少のころの義道について、また、教師になってからの義道について、多くのことを知ることができた。加藤氏が義道の教え子に会った話も、私にとって興味深い貴重なものであった。

岩田の生家跡も彼の調査によって明らかになったのであった。

後年、私はなにかに導かれるようにして、加藤氏が手離した資料の多くを手にすることができた。そしてそれらがこの評伝を書き進める強い力となった。

また最初の日、花木市会議員から手渡された書物の著者が、加藤氏の資料を譲り受けた教授であったことも、後日知ることになった。

加藤氏は九〇歳で天寿をまっとうされ、二〇〇一（平成一三）年に亡くなった。

岩田義道の三四歳という短い生涯の、最後の一年半ばかりを、東京で義道と地下活動に入ってともに過ごした阿部淑子（旧姓安富）を、東京中野の住まいに訪ねることができたのも、加藤氏の示唆であった。

私が会った時、淑子は九一歳だったが、老いのイメージはなかった。頭髪はさすがに白く、白内障のため視力は弱いようであったが、背筋は真っ直ぐ立っていて、その姿勢が六時間以上も変わらないままであった。

阿部淑子を訪ねる際、東京の紹介者に電話をかけてから行くように言われたが、私は電話をかけないで行った。電話口で断られることを恐れたためである。

淑子は、三階建ての自宅の一階に黒い猫と暮らしていて、快く私を迎え入れてくれた。

通された淑子の書斎の壁の中央に、岩田義道のデスマスクが掛けてあった。少し離れた位置に、淑子の描いた風景画も並んで掛かっていた。

部屋は、書籍やパンフレットの山で足の踏み場もないほどであった。至るところにハガキ大のメモ用紙がセロテープで止めてある。テーブルの上には特大のルーペが置かれてあった。

中庭を背にして淑子はゆったりと肘掛椅子に掛けて応対した。二階には彼女の資料があり、三階には、大学を出た孫さんが、公務員として働きながらいっしょに暮らしていると話された。

淑子はタフであった。彼女が最も楽しげに語ってくれたことは、義道が木曽川のほとりで暮らしていた、彼の幼い頃の回想談だった。

過去の事柄の年号のほとんどは、すらすらと彼女の口をついて出た。驚くべき記憶力である。

私は重要なインタビューであるのに、準備も不十分で、急きょ準備した録音テープはまたたく間になくなり、あとは不完全なメモのみしか残されていなかった。

しかし何よりうれしかったのは、淑子が終始、楽しげに、誇らしげに、揺らがない意志を秘めて、また時には涙ぐんで、誠意をもって語ってくれていることが、ひしひ

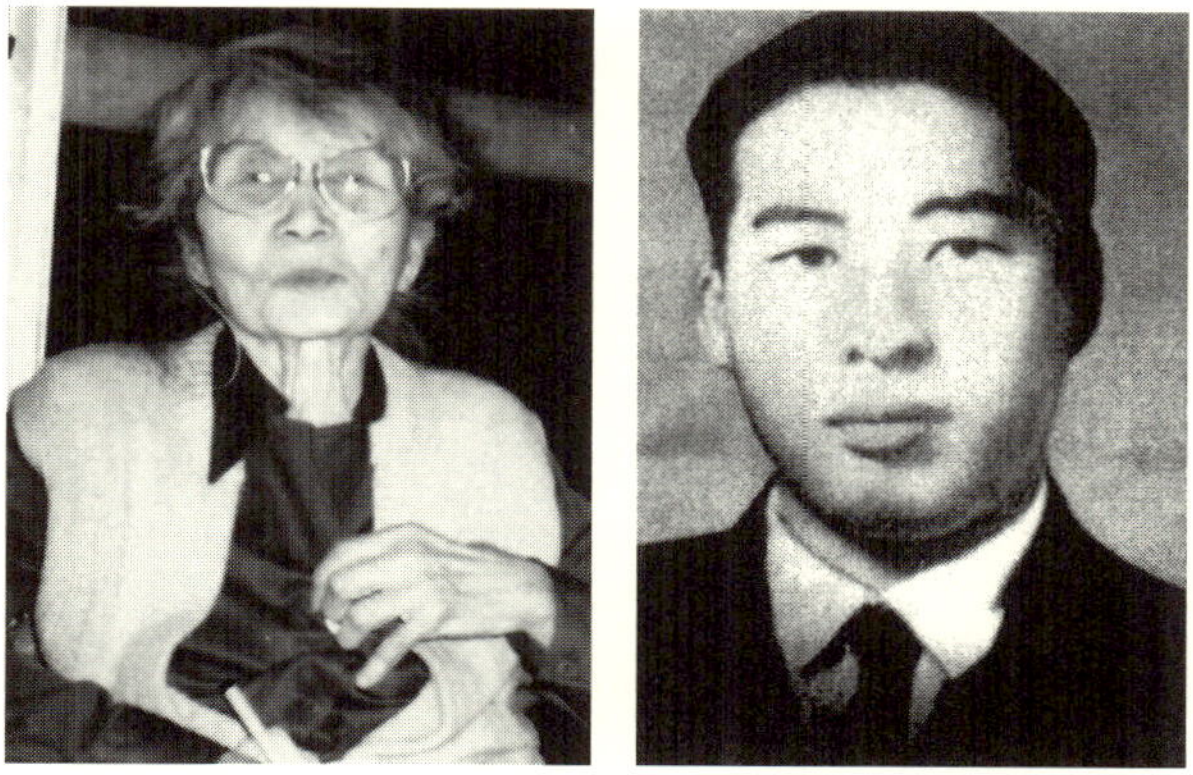

岩田義道（右）と、晩年の阿部淑子（1994年、筆者撮影）

し私に伝わってきたことであった。

あのとき、義道との生活を回想して語ることが淑子のよろこびであり、希望であり、実は重要な遺言ではなかったのかと、いま私には思えるのである。そのとき私は、不遜にも、淑子から大切な何かを託されたような気持ちで胸が熱くなっていたのである。

淑子は岩田義道亡き後、一九三五（昭和一〇）年秋、東京帝国大学農学部生物学研究室の阿部精一と再婚して、お子さんもお孫さんもおられた。

一日に六時間以上、二日間にわたって彼女は語り続けてくれた。知らない間に、私のために、近くのビジネスホテルを取ってくれていて、代金も受け取らなかった。

「あなたに書けるかしら」

そう言い、心配をしながらも、岩田義道との一年半にわたる、凝縮された濃密な生活を記録にとどめたいと願っている淑子の心を強く感じた。

夕暮が迫ってきた。中庭に紫陽花《あじさい》が咲いている。気が付くと細かい雨が降り出している。

それまで元気に明るく語っていた淑子が少し沈黙した後、心もち顔をうつむけて独り言のように語りだした。

「ひとすじに、彼と党のことを考え無我夢中でした。男と女として、人間として、同志として、生活も仕事もすべてを共にしました。誰からも、ひとことのお礼も称賛も感謝もなく、誰も知らない生活でした。ハウスキーパーなどという、妙な呼び名をこしらえたのは、私たちを弾圧した人たちなんです。

あの時代は、いいえ今もですけど、女はまだまだ下に見られています。私はずっと、胸の奥深くに、誇りと疑問と悲しみを抱えて今日までを生きてきました。あらゆる侮辱に耐えている私を、孫が守ってくれるのです。そこへ突然あなたが現れて……私の気持ちをやっとお話しできました」

そして、顔をあげて私を見つめ、ため息をつくように話を続けた。

「義道はあのとき、私との結婚の意志を表明しながらも、身を隠している状態で、キクヨさんとの離婚も、私との結婚も、届けを書きながら、戸籍上の届け出はできなかったのです。だから、私は、戸籍上は妻とは認められていないのです」

先ほどとは打って変わって沈んだ調子で彼女は呟いた。

私は、沈黙した。

しかし、私は意を決して、真っ直ぐに淑子を見つめ返して言った。

「真実の夫婦かどうか、それは人が決めることではなく、おのれの心が決めることなのではないでしょうか。国家の出先機関にしかすぎないお役所で、一枚の紙切れによって、結婚を認められたからといって形ばかりの夫婦も少なくないでしょう。ひとりの男のために、命を捨てることもいとわぬ生き方を選び取った淑子さん、あなたこそ、義道の真実の妻ではなかったでしょうか」

淑子の白い頬に、うっすらと紅みがさした。

私は、大先輩に向かって、自分の心がほとばしるままを言葉にしてしまった恥ずかしさで、やはり紅くなっていた。

私は、これを機に、再会を約束して立ち上がった。

玄関まで私を送って出てきた淑子は、「私も岩田のお墓にお参りしたいわ」とおっしゃって、白い封筒を差し出された。

「なんでしょう」と私がたずねると、

「岩田の命日にお花を買って供えてほしいの」と言われた。

「私はお墓に近いところに住んでいますので、時にはお花を供えています。今年の岩田義道の命日には淑子さんのお花もお供えします。お金はそのとき頂きます」

そう言って私は封筒をお返しした。

外は激しい雨になっていた。淑子が傘を差し出すのを断って、カバンから折りたたみの傘を出して開いた。

「気をつけてね」と言って、淑子はまた東京駅までの道順を心配そうに繰り返した。

小さな傘に、音を立てて雨粒が落ち、傘にはじけた雨粒が、私の肩先や足元を濡らした。

加藤義信氏が、最初に私と会ったとき、岩田義道と阿倍淑子とのことを偽装結婚という言葉で話してくれた。耳に残っているその言葉を、私はいまこの雨の中にきれいさっぱり流してしまったような気がしていた。

擬装などではない。岩田義道と淑子は、みごとな真実の夫婦であった。

それ以後、仕事の多忙さに加え、病気にかかるなどして、残念ながら私は淑子との再会を果たせなかった。

淑子は二〇〇二（平成一四）年一二月一日、九九歳で亡くなるまで、岩田義道の思想を受け継いで活動を続けた。

一千余首ほども残された淑子の詠んだ短歌の多くが、亡き岩田義道を偲ぶものであった。

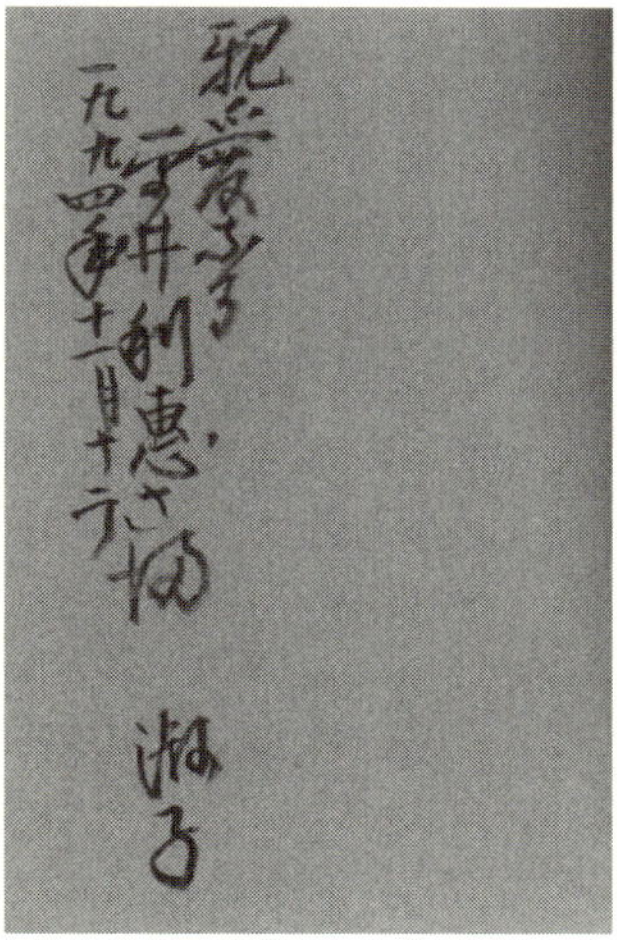
筆者に贈られた本に記された
阿部淑子のサイン

生いたち

岩田義道は一八九八（明治三一）年四月一日、愛知県葉栗郡北方村大字中島一三四九番地（現一宮市北方町中島）で父竹次郎、母志ほの長男として生まれた。

一宮市は昔から毛織物の盛んな町として知られている。そのため、県内外から集団就職してくる女工さんの多い街でもあった。市の北端にあったこのあたりには、今でも田畑の中に、のこぎり屋根の小さな工場が点在するような地域である。しかし岩田義道の両親は毛織物の家内工業のような仕事とも、農業とも無縁の生業であった。

父の竹次郎は木曽川を下って名古屋や常滑へ通う船の船頭をしていた。母の志ほもいっしょに船にのっていたので、義道は祖父の代治郎の家で暮らすことが多かった。

船頭といっても、現在木曽川に浮かんでいるような小舟ではなく、今で言えば船長さんと言った方がふさわしい大型船の船頭さんである。

近くで買い集めた玉石を船に積み込んでは、名古屋方面へ運んでいくのが竹次郎の仕事。その玉石を売りさばくのが志ほの役目であった。

志ほは一人娘で、その婿養子として迎えられたのが、竹次郎である。竹次郎はいたって楽天的で適度の酒さえあれば、いつも上機嫌な人であった。

一方志ほは、村でも評判の良妻賢母型の人であった。貧しい家庭に育った義道が大学まで進学できたのは、この母の力に負うところが大きかったであろう。

寒村ではあったが、木曽川が大きな恩恵をもたらしていたのである。何しろ運輸といえば馬車ぐらいのもので、大量輸送となると、河川にたよるしかなかった。材木、炭や薪、米、石などを名古屋、常滑、伊勢方面に船で運ぶことが多かったのである。

村には、飲食店、旅館、料理屋、ビリヤードなどもあった。

貧しい農村地帯でありながらも、木曽川の恩恵によって、日銭が落ちるので、生活もそこそこ楽であったようだ。

祖父の代治郎は区長を務めたほどの人望家で、不作の時には、小作人を代表して年貢の減免を地主にかけあったりしたと伝えられている。

ふたつ上に、姉志きがいた。仲のよい姉弟だった。志きは、生家から近い木曽川町の野々垣家に嫁いでからも、最後まで義道を支え続けた。

祖父の代治郎が、小作人の言い分を聞いて、岐阜の本郷にあった代官所や、宝江にあった郡役所に行って掛け合っている姿を、幼い義道は身近で目にしている。

「義道、おまえは、弱いもんの味方になるんやぞ」

祖父は義道の頭を撫でてそう言いきかせていた。この言葉は、幼い義道の心に強く印象付けられた。

後に妻になったキクヨは、この祖父の言葉を何度も義道が語っていたと、回想記にとどめている。

父の竹次郎は、体重が二十四貫（約九六キロ）ほどもある大男で、大の相撲ファンであった。「岩田山」という立派な「まわし」を作り、木曽川の川祭りの日などには、毎年、番付表まで作って、草相撲を楽しんでいた。

冬の川風にさらされて働く父の姿も、それを助けていっしょに船に乗って力仕事をする母志ほの姿も、義道には、忘れがたいふるさとの風景とともに残っていた。

遠くに伊吹山や、養老山脈の雄姿を仰ぎ、眼下に木曽川の清流をながめ、少年義道は、貧しいながら家族の愛情を一身にうけて、おおらかに成長していった。

日露戦争が開始された一九〇四（明治三七）年の四月二日に、義道は北方村立北方尋常小学校に入学した。当時は村役場も学校と同じ場所にあった。

部落の用事で、たえず役場へ出入りしていた祖父の代治郎と義道は、学校への行き帰り一キロあまりを、よくいっしょに歩いた。

義道は、一九一二（明治四五）年三月二三日、同高等科を卒業した。

小学校時代は成績が良かったが、自分から上の学校へ行きたいとは言わなかった。

父の竹次郎は、若いうちから船頭になり、常に商人と接していたので、自分の子どもを商人にして、将来は立派な実業家にしたいという強い願望をもっていたらしい。

義道は、商人になることにあまり気がすすまず、学校の教師になりたいと秘かに希望していた。しかし、高等小学校卒業の際、学校から褒美にもらった『実業立志伝』を読んで、大実業家になろうと考えるようになった。そして、父の勧めるまま上京し、東京の中島洋紙問屋へ丁稚奉公に出ることになった。

岩田は当時のことを、一九二九（昭和四）年九月一一日、東京地裁の第三回予審審査のなかで次のように述べている。この予審調書は、東京地方裁判所第二刑事部が作成した『岩田義道予審訊問調書』である（京都大学図書館蔵）。以下、表記は当時のままとする。

私は小学校を卒業した時、小学校の教師になりたい希望を持ったのでございますが、父は商人になって、大実業家になれと頻りに申しました。当時、卒業の時、学校から褒美に実業立志伝という書物を貰ひ、それを読んで、私も実業家になる気になりました。

岩田が上京した一九一二（明治四五）年の東京は、市電従業員の大ストライキによって年が明けたのであったが、前年には大逆事件で、幸徳秋水、菅野寿賀子ら十二名が死刑に処せられるという事件が起きている。

それに、言論、集会、結社の自由は完全に奪われ、社会主義者の門前には、警察の見張り所が設置され、外出の際には、尾行がつくという徹底した弾圧ぶりであった。

しかし、このころの岩田義道はまだ年も若く、社会主義については、なんらの関心もよせてはいない。

父の勧めによって十五歳の春、東京へ行き、洋紙店の小僧に入りました。其処で或いは主人が妾を蓄えて居るとか、或いは主人の子供と小僧との境遇の懸隔など、社会現象に接したのでありますが、それらは当然の事と思うておりました。

（大正一五・四・一二・京都地方裁判所、第三回予審調書）

其家では、主家の子供の靴磨きをしたり、車を挽いたり、丹念に働いて居たのでありますが、両親は可愛がって居た私が居なくなったので、大変寂しく暮らしていた様でした。同店に居た人が帰郷した際、両親に対し、私が惨めな生活をして居ると話したらしく、父から、母危篤帰れという電報を受けたので、帰郷すると、母は病気ではありませんでした。

（昭和四・九・一一・東京地裁第三回予審調書）

竹次郎は、岐阜から石を運んで来る親しい船頭仲間から、同じ洋紙店に入店していた青年が突如帰郷したと聞いて、その青年を訪ねて行ったところ、奉公先はひどく人使いが荒くて、丁稚仲間が、二、三年経つと、肺結核を患い、次々に死んでいくと聞かされた。

義道は一人息子でもあったので、心配した両親が一計をめぐらし、義道を家へ呼び戻してしまったのである。

そのことを母校の校長、服部松太郎が聞きつけ、彼の推薦で北方尋常小学校の代用教員として働くようになった。

義道が幼い頃からなりたいと憧れていた教師ではあったが、代用教員はあくまでも代用である。

義道がこの職に満足するはずもなかった。ぜひ、一人前の教師になって、胸を張って子どもの前に立たねば、と意を決し、あまり金のかからない師範学校に入学することを父に頼んだ。

「学校の教師では、実業家と違って、将来多くの財産を蓄えるといった、物質的な望みを満足させることはできないかもしれない。しかし、日本の将来を背負って立つ、前途有為な少年少女を教育するという、はかりしれない大きな楽しみと希望がある。

私はこの美しい清らかな事業のために、自分の一生をささげてみたいと思う」と自分の抱いている気持ちを率直に父に語ってみた。

竹次郎は、じっと黙って聞いていたが、次第にその穏やかな顔に機嫌の良い笑みをたたえながら、なにもいわず、彼の希望を許したのであった。

教師への道

義道は、代用教員をしながら猛烈に勉強した。そして、一年後の一九一三（大正二）年、一生を教育に捧げようと、愛知県第一師範学校（現・愛知教育大学）の本科第一部へ入学した。

義道らは入学するとただちに寮に入れられた。義道は第一舎の第四小団に入った。学生時代は、まず、第一年生になってすぐ、同級生の畔柳氏と二人で、名古屋の金城教会の日曜学校に通い、英語の勉強をした。また、図書館にも通って、宗教、哲学、倫理などの勉強もしていた。

第一師範では、第二学年になると、夏休みを利用して篠島へ渡り、臨海実験を行うことが、年中行事の一つになっていた。

義道は、一九一五（大正四）年七月一九日から二五日までの一週間、同級生とともに篠島へ渡り、同島の正法寺に泊まって、臨海動植物の採集実験を行っている。

当時、義道が書いた「臨海動物」と題する二〇五頁にもわたる実験筆記帳が、一九七三（昭和四八）年の秋、岐阜市で発見された。

この筆記帳は、篠島の略図、篠島行きの注意、分類表、日誌、研究報告、所感、脊椎動物門、節足動物門、軟体動物門、蠕形動物門、棘皮動物門、プランクトンの十二項目からなっている。

右の中の「篠島行きの注意」というところをみると、当時、篠島へ出発するにあたり、解剖版、解剖器、鉄鎚、海藻採集用板、B紙三十枚、新聞紙、採集嚢、晒布、紐、コンパス、動植物教科書、水中眼鏡、雑記帳、竹篦、実験用紙、足袋、瓶、鉛筆（硬）、水泳用具、運動帽、尺度、寝衣、フオルマリン（一組一封度）などを用意して出かけたことが記されている。

その当時、篠島へいっしょに行った小島太郎氏にこの筆記帳を見せたところ、「さすが、岩田君だ。私もいっしょだったが、こんな具合に、なにからなにまで正確にはできなかった」と嘆声をもらしている。
日誌の中から、最初と最後の日の二つを紹介する。

七月十九日（第一日）月曜日　晴天

鶏鳴暁を報ずる前、実に四時半起床して、八時迄に魚半に集まる。時間の余裕をみて、熱田神宮に参拝。神々たる老木、家屋ありて荘厳の極、幽玄の至りなりき。まして朝霧立ちこめて、あやめもねむれるばかりなるには。日の丸は、早や田村先生を始めとせる我が一行を乗せて、波止場を離れた。大野、野間等を過ぎて、篠島に着船す。時三時十分。正法寺に入って寝室を定め、実験の準備等をなして大多忙を極めた。入浴後、東南岸に採集に向かふ。なかなか珍しいものが沢山あった。実験七時より始まる。九時に終わって寝す。今日の調子では、百五十枚の実験用紙も直ちに不足するであろう。プランクトン採取法を承る。

七月二十四日（第六日）土曜日　晴

実験報告あり。校長先生帰校せらる。十時頃実験を終はって、水産試験場参観。

種々の標本あり。缶詰製造所を視、説明を聞く。後、場長より、水産上の愛知県に付いて、痛快なる説演あり。一時間半の長きも十分程に思われたり。昼食後、寺の大掃除を行う。帰省の支度に大多忙。嬉しいやら、おかしいやら。場長に御礼かたがた茶話会にご臨席をお願いに行く。夕食後茶話会あり。出村場長より篠島の光輝ある歴史を承る。中々愉快なる茶話会なりき。茶話会後、ただちに寝す。噫、篠島も痛快の中に終われり。

三年生になると、再び、畔柳と二人で、金城教会へ通って英会話の勉強を続けた。約一年間にわたり、バイブルクラスに入り、日曜日ごとに二人は英会話を学んだ。畔柳が辞めてからも義道は通っていたというから、義道はかなり熱心であったようだ。

第一師範には、陸上競技部、野球部、テニス部、蹴球部、柔道部、相撲部、剣道部、弓道部、弁論部、音楽部、美術部などがあって、学生のクラブ活動はなかなか盛んであった。

義道は音楽好きで、ピアノをひくことも上手であった。彼は、当時音楽部で尺八を吹いていたらしい。というのは、義道が、師範学校の夏休みに帰省すると、よく家で尺八を吹いていたというのだ。まだ小学生だった近所の子どもたちが、義道の尺八を聞いて、「ああ、義道サが帰って来よる」と記憶している。

四年生最後の夏休みに入ると、名古屋の奥田町や、押切町の貧民街や、そこにある小学校を見て歩いた。未解放部落もたずねた。

この頃の日本は、第一次世界大戦の影響をうけて、成金と貧困とが同居している時代であった。だから名古屋にも、義道が眼をみはるような豪邸が見受けられたのだろう。

ところが、奥田町あたりへ行ってみると、ほとんどの家が低い平屋建てで、部屋は大抵一間しかなかった。それに荒壁はくずれ落ち、隣の家の部屋の中まで見通せるありさまだった。そのため急場しのぎに、古莚をぶらさげたり、紙を張ったりしている家もあった。

薄暗い土間では、いつ風呂へ入ったともしれないような男たちが、褌ひとつで荷車の修理をしたり、下駄の歯入れや、桶のたが入れなどをしていた。

その傍では、腰巻ひとつで赤ん坊に乳を与えている女もいる。

押切町では、屠殺場の近くにあるほとんどの家が、牛馬の皮を乾燥させていた。付近の溝にはどぶ鼠が繁殖し、牛馬の臓物には蠅がたかって異様な臭気を放っていた。しかし、義道はその実際から眼をそむけなかった。

四年生後半期から、師範学校の付属小学校で、教生実習が始まる。そこで見た付属小学校の子どもたちは、義道が見た奥田町あたりの子どもたちと大きな隔たりがあった。

こうした貧困の実際を目撃して、義道は社会の矛盾を感じはじめたようだ。そして、その解決を「愛の力」による教育に求めようとしていたのかもしれない

一九一七（大正六）年一〇月、義道は愛知師範学校を卒業した。彼は四十四回卒業生で、当時の卒業生は三十九名であった。

晴れて教師として、木曽川西尋常小学校に赴任し、三年女子組を担任する。時の校長は佐藤白重郎であった。

> 師範学校を卒業し、他の者は相当立派な洋服を新調したが、私は児童に親しく接触するには、むしろ粗末な服装がよかろうと考えて、小倉服を新調して、隣村の小学校に奉職し、尋常三年女子組を受け持ちました。

（大正一五・四・一二・京都地裁第三回訊問調書）

小倉の服を着た童顔の若い教師、岩田義道は、高等科の生徒の一人のように見えたかもしれない。

義道は、西小学校に勤務するようになると、姉の志きの嫁いでいた野々垣家で、寝泊まりをすることになった。志きは、弟が教師になったことを誇りに感じていて、かいがいしく彼の身の回りの世話をしてくれた。

義道は姉の家から堤防伝いに歩いて西小へ通った。

彼は師範時代に、名古屋から北方村まで、三六キロ程の道を、時折歩いて帰省することもあったので、足には自信をもっていた。

義道が毎日往復する堤防ぞいに、わずか十軒くらいではあるが、未開放部落がある。

「あの先生はやっぱり変わっておった。生徒を差別しない先生だった。お大尽の子も、ボロをまとった貧乏人の子も、おれたちも、決して差別せず可愛がってくれた」

という教え子の言葉が残っている。

彼は学校へ勤務しはじめると、受け持ちの三年女子組の父兄たちともすぐに親しくなった。

義道は父に似て体格は立派なうえ相撲もめっぽう強かったから、男子からの人気も高かった。

義道はまた、たいそう美しい声でロシア民謡や歌曲を歌っていた。オルガンを弾くのが上手いと自慢してもいた。

これは後日、地下生活を共にした阿部淑子が彼の歌声の美しさを私に語ってくれた。それればかりか、当時、歌声のファンはまだ義道の身近なところにいたのである。

校舎南側の道路に登り、道を横切ると堤防寄りにがっちりとした民家がかたまっている。どの家からもガチャガチャと機の音がもれてくる。

大きな屋敷の石垣沿いに歩いて、戸口に立ってみると、表札に「葛谷《くずや》」とある。木曽川町には葛谷の姓が多い。

織機小屋は母屋の裏手にあるようで、絶え間ない音がほどよい大きさで、現在も、規則正しく耳に届けられる。

加藤氏と私は、しばらくそこに立って、機の音を聞いていた。

この家に義道は夜、よく風呂をもらいにきていた。この家には姉妹二人の娘がいて、すっかり義道にほれこんだ娘たちの父親が、二人の娘のどちらかを彼の嫁にしてもらいたいと熱望していた。
数年後、義道が教師を辞めて京都大学に進み、その在学中にも娘をともなった父親が京都まで義道をたずねてくる執心ぶりであったが、義道にはその時すでに妻子がいた。その後、娘のどちらかがこの家を継いだらしい。

岩田先生と、私の姉たか子とは、当時、教師と教え子という関係でした。私の家と学校は眼と鼻の先だったので、風呂が沸くと、先生に声をかけてお呼びすることにしました。すると先生は〝オーイ〟と大きな返事とともに、早速やってきて、風呂に飛び込まれます。先生は風呂へはいると、きまった歌を歌われました。いい声で、なかなかお上手でした。私たちは、岩田先生が風呂にはいられると、また先生の歌がはじまるぞといって、楽しみにしていました。
（一九八八＝昭和六三年七月・葛谷ふゆ子の弁）

誰にでも優しく、穏やかな口調で授業を進めたのだろう。そして、夜遅くまで熱心に教育に専念したであろう。葛谷さん宅で風呂をもらい、ついでに夕食もごちそうになり、学校で寝泊まりするような日もあったのではないか。

しかし、義道の抱負は一年も経たぬ間にいきづまってしまった。

私の受け持っていた学級には、貧民の子弟が約十人ほどもおりました。其の者等は穢い着物を纏いしばしば欠席もし遅刻もしておりました。また家庭で仕事を強いられるため、勿論予習復習などを為すこともできませんから、課外で教えてやろうと思うた事もありましたが、家庭の方において時間が許されず、且つ栄養不良で課外授業に堪えられない状況でもあったので、如何に努力しても、それ等の児童を普通の標準迄引き上げる事もできませんでした。

（学連事件、岩田義道聴取書）※「学連事件」については七五ページを参照。

彼にはどうすることもできない。彼が教師として誠実であればあるほど、いっそう絶望感は強かったに違いない。彼のことばはさらにつづく。

私は愛の力、教育の力に信頼して教えましたが、現実の事実、現実の社会は全く自分の自信を失わしめました。即ち養育の力以上にある見えざる力が働いて居る様に思われ、煩悶的な生活を始めかけました。……裕福な家の息子は実力がなくとも、蔓の力、金の力で鰻上りに上の学校に行き得るのに、一方之れと正反対の事実を見せられ全く自分の考えは行き詰まったのであります。（聴取）

教育の理想に燃えて教壇に立った義道は、厳しい現実を目の当たりにして悩んだ。教育とそれをめぐる環境に根本的な疑問を抱くにいたったのである。

貧しい家の子は子守や家の手伝いで、満足に学校にも出てこれない。食べるものも十分与えられない。

貧しい人たちや気の毒な人達を救うにはどうしたらよいのかと、義道は深刻に考えた。個人の努力や教育の力だけでは、貧しい人々や恵まれない子どもたちを救うことは困難だ。

貧困という社会的現実の前に、一人の現場教師の誠意がいかに無力なものであるか思い知った岩田義道は、神経衰弱にかかり、翌年の夏ついに休職を申し出る。

彼は学校を休職扱いにしてもらい勉学のために上京するのである。

そこで彼は、教育に関する研究をして、これを解決しようと、一時は京都大学文学部教育学科を目ざそうとした。そのとき彼の脳裏にあったのは福沢諭吉のような啓蒙的大教育家だったと伝えられている。

上京した彼は『都新聞』の配達や掃除夫のアルバイトをしながら、正則英語学校で受験勉強をしていたが、事故で足をけがして帰郷を余儀なくされた。

不運を嘆き失意の日々がつづいていたある日、同郷の友人、山田盛太郎に会ったので、自分の悩みを打ち明けてみた。山田盛太郎は、同じ木曽川町出身で、当時は第八高等学校（現在の名古屋大学）の学生だった。彼より二つ年上である。

山田は、

「それなら君、これを読んでみたまえ」

と言って河上肇の論文の載った『社会問題研究』という雑誌を数冊貸してくれた。

貧しさが知力や体力の差を運命づけ、児童を金縛りにしている社会に義憤を感じていた彼が、河上肇の『社会問題研究』第十五冊を読んで、その中の論文「脳みその問題」、副題に、「貧富は天賦の能力に基くものではない」などの論文に強い共感をおぼえた。現場での経験があって身につまされたからこその共感であった。

義道はさらに、いくつかの論文をむさぼり読んだ。そして、

「ようし、俺の進むべき道はこれだ」

と、自分の心に決するものがあったのである。

彼は社会科学を学ぶために、尊敬する河上肇のいる京都大学に進もうと決した。

義道は、現実の矛盾を解決していける可能性と方向をやっとみいだして、大いに希望を抱いたに違いない。

友人の山田盛太郎のように高等学校に入り、大学へ進学したいと考えるようになった。

一九一五（大正八）年九月、第八高等学校を受験するが不合格になってしまった。英語などの実力が不足していることに気づいた義道は、知人の紹介で第三高等学校の教授をしていた栗原基をたずねた。そして高等学校へ入学する心得といったことの指導をうけることができた。それを機に、京都の上京区にあった平安予備校にはいることにした。

ここで、偶然、愛媛県温泉郡三津浜町出身の池田という学生と出会い、親交を結び、

これが縁となってその後、松山高等学校に入学することになった。

学資も十分でない一青年が、「貧困からの救済」に煩悶し、河上肇の教えを得たいと決心し、やっと眼の前が開けたように感じた。そして、自分の進むべき道を見出し、ひたむきにすすんでいく。

ここから、彼の志が生まれ、彼の思想が深まり、社会問題研究へと発展する。そのいわば臍となったのが、まさに、木曽川西尋常小学校の一教室、三年女子組という、教育の現場であったことは、きわめて大きな意味を含んでいると私には思える。

松山高等学校時代

二〇〇八年五月、「岩田義道研究会」の有志が、資料を求めて、松山の地を訪れた。そこで、「松山高校同窓会六五周年記念誌」を手にすることができた。

この誌の巻頭に述べられた「松高創世記」によれば、一八九四（明治二七）年、政府は「高等学校令」を公布し、第一高等学校を筆頭にナンバースクールが誕生した。しかし、名古屋の第八高等学校（一九〇八＝明治四一年設置）を最後に新設が止まっていて、各地から増設の要求がだされ、誘致運動が盛んに行われた。

愛媛県と松山市は高校新設の誘致運動を猛烈に行った結果、一九一八（大正七）年に新潟、松本、山口とならんで松山市への高校新設が決まった。

一九一九（大正八）年四月初代校長・由比質が任命され、十七名の教師が勢揃いした。この中に岩田義道に強い影響を与えたドイツ語教師、三並良《みなみはじめ》も含まれている。

生徒を募集したところ、一六〇名の定員に対し九八六名の志願者があり、競争率六・一倍で入学試験を行っている。

岩田は「大阪朝日新聞」号外の合格者発表の欄、文科乙類にその氏名が記録されている。一緒に受験した友人の池田は不合格となってしまった。

九月一一日が入学式であった。

入学式で、由比校長は、

「諸君は国士をもって任じなければならないから、万事束縛なく自由に処することができる。但し自分の行動に対しては責任をあくまでももたねばならない」

と訓示している。

由比校長は土佐出身で、明治人的気骨と大正デモクラシー下の自由主義思想が結合された人で、松高の校風樹立に大きな影響を与えたとある。「松高自由主義」の校風に貢献した第一の人として、非常に人望があったと、その同窓会誌には記されている。

この校風のなかで岩田義道はのびのびと青春を謳歌し、自分の進むべき道を邁進していった。

一九二一（大正一〇）年になって、文部省は大学、高等専門学校の学年歴を改正して、第一学期の開始を四月一日とした。そのための移行措置もおこなった。従って岩田は一九二〇（大正九）年九月一日入学から一年生を七か月で終了し、二年生に進級した。

高校は全寮制であった。当初は大林寺を仮寄宿舎としていた。一年後は、新寮へ移った。しかし岩田は京都の塾で親しくなった三津浜の友人、池田宅に下宿していたらしい。

学校では新しい校歌の制定が急がれたように、寮歌の作成も急がれた。「松高歌集」に記録されている四つの寮歌の一つに、その作詞者として岩田義道の名がある。題は「春花霞立つ朝」。

春花霞立つ朝《あした》　神代の昔白鷺の
あとより昇る温泉《ゆ》の煙　情熱《あつき》健児の心とよ
（書き出しの一節）　（以下略）

推測するに、「校友会雑誌」が寮歌を募集し、その入選作か佳作として彼の寮歌が掲載され、曲はつけられずに終わったのではないだろうか。

開校二年度には、文化部の活動も開始していた。

まず、新入生歓迎を兼ねて第一回発表会を開いたのは弁論部であった。遊説中の憲政会代議士永井柳太郎を迎え、一〇月一〇日土曜日の午後、九名の部員が演壇に立ってそれぞれの主張を展開した。

岩田は二番目に登場した。演題は「お空遥かに」という意外なものである。内容の記録は残されていないが、何か宗教的な理想郷をイメージされるような題だなという気がした。参考までに他の弁士の演題を見ると、「憧憬の国」「裏」「利己を離れて」「現代はペンか舌か」「若き叫び」「現代青年の意気」「復員と産業及び精神力」「心霊の帰結」などである。

この弁論大会の内容や、視聴した学生の反応など知りたいところだが、それについては、何も残されてはいない。

一九二二（大正一一）年の春、イギリスの王室からプリンス・オブ・ウェールズ殿下（後のエドワード八世）が訪日され、宮島へ来遊されることになった。松高からも代表団をつくってお迎えにいくことになった。神谷教授を団長とし、生徒代表は各学年から二名（文理各一名）、それにアレクサンダー先生ご夫妻、計九名が宮島へ向かった。岩田もそのなかにいた。記念写真では、神谷教授の隣に腰かけた岩田が写っている。

開校二年度、既に野球部も作られていて激しい練習が続いていた。そして、さらにこの時期、野球部は緊張した日々を送っていた。山口高等学校野球部との対抗試合の話が持ち上がったのである。

京都帝大、東京帝大から二人のコーチを迎え、猛練習につぐ猛練習を重ねていた。仕掛け人は山口高校側で、試合場所を広島高師グランドに設定したのも山口高校であった。

第一回の山口高校との対抗試合では七対五で松山高校が勝利した。

翌年の第二回の対抗試合はホームグランドある松高で行われることになった。

岩田義道はこの年、野球部の応援団長に就いていた。彼は仲間内で「おやじ」と呼ばれていた。

六月一一日午後、試合を翌日にして、生徒控室において野球部の激励会が行われた。山口高校野球部から「挑戦の通告」受けた野球部選手を前にして、応援団長、岩田義道が「数々熱烈なる辞」を送った。

海を渡って遠征してくる昨年の敗者に、再び痛撃を加えることを期待したのである。山高戦を控えた野球部の選手面々に、

「烈日に晒されて赤銅のゴトキ肌に流汗は淋漓として着るユニホームも絞るまでの猛練習を重ねた」

と檄を入れた。

この第二回対抗試合は残念ながら五対三で松高の敗北に終わった。敗因は松高の投手の非力にあった。与えた四死球十三という数字がそれを示している。

勝つものとばかり予想していただけに、そのショックは大きかった。応援団長、岩田義道は旗を杖についてよろけながら泣いた。

ある生徒が由比校長の用意した四斗樽を開けて来賓に酒を振る舞おうとすると、

「負けたのに酒なんか飲むな」

と叫んで、岩田義道が周囲を手こずらせたという。

岩田義道が松高時代、思想的に最も影響を受けたのが三並良《みなみはじめ》教頭である。

岩田義道は文乙だから、ドイツ語を勉強するクラスで、その総代（級長のこと）をつとめていた。（三並先生はドイツ語の教授）弁論部の活動もＹＭＣＡの会員としての活動も三並先生の指導によるものであった。

松山高等学校時代の岩田義道
（大正 12 年）

岩田は高校ではじめて社会科学研究会をつくるが、これも三並教授の指導によるものであった。

三並良教頭とは、正岡子規の従兄弟半（片方が従兄の子）で、子規の二歳上である。「升《のぼる》さん」これが子規であり、「良《はじめ》さん」これが三並先生である。二人はこのように呼ばれ、呼び合い、子規と三並は、兄弟のように育てられた。明治の初めに松山で、子どもで髷を結っていた最後の二人が、実はこの二人だったといわれているような仲なのである。

三並は子規と同じ自由民権少年からドイツ哲学者になり、クリスチャンで、内村鑑三の教育勅語不敬罪では抗議運動の先頭に立った一人である。一高教授から、松高教頭になって自由主義的校風づくりの先頭に立った名物先生であった。

この自由民権少年、子規の分身のような三並先生が、岩田義道の精神的成長にかかわったことは、彼の運命に大きな意味をもったと思われる。人は、こうして、然るべきときに、然るべき人に出会う。そして、こうしか生きられなかったという運命的生き方を、岩田義道は貫くことになったのであろうか。

高校生の前半までの彼は、まだ理想主義者であった。三年生の少し前から卒業にかけて、これとは対立するマルクス主義の文献を系統的に読み始めたといわれている。教頭の三並良は『共産党宣言』をテキストに、岩田ら有志を集めて啓蒙したらしい。その仲間には一緒に京大へ進んだ友人がいる。岩田はそのころから、すでに弁証法に理論的興味をもっていたと伝えられている。

三並教授は後に、岩田らが学連事件で逮捕された時、この弾圧に対するる批判文を『平民』(一九二五=大正一四年一〇月一五日付)に「思想と言論を自由にすべし」と題して文章を寄せている。その中で岩田義道のことを「人間味に富んだ秀才」と称している。そしてこの学連事件による逮捕が、日本での治安維持法の適用第一号となったのである。

岩田は、松高時代を勉学ひと筋に送ったように見えて、じつは一人の女性と親しくなり、ちゃっかり結婚し、子どもまでこしらえている。

松山高等学校に進学して間もなく、岩田は一人の女性と親しくなった。後に彼の妻となる宮本キクヨである。

松山で、下宿していた近くに、或る日、音楽会があり、義道は友人の池田と連れだって出かけた。そこで、たまたま友達と来ていた宮本キクヨと出会い、お互いに紹介しあうなかで知り合ったという。

また、義道は松山高校一年の頃から、大変尺八が好きで師匠について習っていた。その師匠は尺八だけでなく、三味線も琴も教えていて、キクヨもそこへ琴を習いに来ていた。義道の尺八はなかなかの腕前だったという。都山流の初伝といわれていた。特に「追い分けの曲」が得意だったと証言する友人もいる。京大へ行ってからも、友人や下宿の近くの人々は、彼の尺八をよく耳にしていたとの記録が残っている。

宮本キクヨの兄は、松山の三津浜で宮本楼という妓楼を営んでいた。当時十二軒あった中では一番大きかった。キクヨは高等女学校か或は実科女学校といった、義務教育以上の教育を受けている。当時宮本家では、父・仙太郎が大正八年に死亡し、稼業は兄の広が相続していた。岩田義道とキクヨの結婚について、母親はさして反対はしなかったが、兄は岩田の思想が危険であるというので、強固に反対した。兄は、稼業の関係上、右翼団体に加入しており、同団体の幹部のひとりでもあった。そのため、キクヨは兄と衝突し、家を飛び出して、一週間ほど友達の家に身を寄せていた。そんなことがあって、それほど好きならばというので兄は二人の結婚を許した。それからは義道と妹のためにできるかぎりの協力を惜しまなかった。

結婚したのは、一九二一（大正一〇）年、義道二三歳、キクヨは一つ年上の二四歳であった。義道が松山高等学校二年生の時である。結婚と同時に、友人池田家の離れから「新月」という遊郭の奥の、庭に面した二部屋に移り、そこを新居とした。

岩田はどのような態度で、遊郭の中で生活していたのだろうか。岩田はその二年ほど前に河上博士の「可変の道徳と不変の道徳」を読んで、公娼制度についても、ある

妻キクヨ

程度の見識を持っていたという。彼は教育問題について煩悶した時にも、単なる個人的な同情や努力では、決して問題の根本的解決にならないことをすでに体験している。

妻のキクヨは手記のなかで、次のように回想している。

「岩田はあのような人でしたから、むろん、遊郭についての、彼なりの意見は持っていたと思います。しかし、私たちが結婚する時の兄の頑固さについては、岩田はよく承知していましたから、兄の前は勿論、家では絶対反対意見を述べるようなことはいたしませんでした」

「新月」でも、若い二人に友人の三味線を加えて、琴と三味線と尺八での合奏をよくやっていたということである。

遊郭という、男の裏も表もすけて見えるに違いない環境の中で育ったキクヨが、貧乏学生の、しかも将来も約束されていないような岩田義道を、キクヨは、兄の反対を押し切って、家出までして結婚の相手に選んだということに、私は岩田の人間的な魅力を上げないわけにはいかない。

一方、岩田は、倫理、宗教、哲学といった問題で悩み、思索をめぐらしてもいた。一九二三(大正一二)年一〇月、松高の校友会雑誌に発表した「紀念塔」という文章がある。松高三年生のときに書いたものである。これには、理想の世界への救済について宗教的な信念が率直に表現されている。

岩田の内部世界では宗教的な愛と、自然科学的な知識をふまえた思想が、せめぎあって混在していたようである。


高等学校時代は自然科学、哲学を研究すると同時に、マルクス学説の解説書を研究しましたが、尚ほ其当時には宗教によって社会を救済し得られないものであろうかと云う考を有して居ったので、二週間程寺に籠って念仏を唱えた事もありましたが。しかし霊の力によって根本的に社会を救済する事は出来ないと感じました。(学連関係・岩田義道聴取書)

「紀念塔」の文章は、最初実業家を夢みた岩田が、何をもとめた果てに、マルクスの社会主義的立場に達したのか、その間の秘密をさぐるヒントを提供してくれる、貴重な文章であると感じた。その書き出しで仏教的な楽園としての「絶対なる愛の王国《みくに》」を次のように夢想している。

空には金色紫紺の雲が棚引いている。百花花開き、万鳥啼き、野も山も見渡す限り、或は紅、或いは紫、黄に青に緑に、芳香馥郁として薫風に満ち管弦と云わず、妙音嘵々として何処ともなく響き渡り、美衣美食は云うまでもない。居ながらにして十方世界を見聞きすることが出来、そればかりではない、そのままにして而もほんの一瞬の間に自分の欲する所に通う事が出来る。

神から与えられているからと或る信者は云われた。キリストはパンを食わなかったであろうか。葡萄酒を飲まなかったか。毛皮を着なかったであろうか。これ等は止むを得ない事ではあるが、決して許されたものではあるまい。増して神から与えられたものではあるまい。若し彼等の云う言に従わんか、神は殺生を教えている事になる。

きびしい反問である。人間存在をとことんつきつめて考えてみると、社会は戦争という「非常時」だけでなく、平和な日常性が連続循環しているときでも、人が命を喰う生存競争の修羅場であることにかわりはない。

岩田は師範のころから自然科学に興味をもっていた。田中香涯の『科学より観たる霊と肉』を採用しながら、生物と無生物が同一の理化学的法則のもとにあることを理由に、人間も犬も猫も草木も、岩石や水も、ありとあらゆるものが同一の原子から構成されており、人間をはじめ生命あるものは死ねば土に帰るという大地（自然）の絶対性の立場から、万物を無差別平等のみかたにおいてとらえようとしている。それはヒューマニズムの範囲をすら超えている。

噫！　私の前にある、あの美しい海水も、私の靴の下に踏みつけられているこの岩も、私が手折って来たこの赤い花も、あの物悲しそうな門付けの女も、皆ん《ママ》な血を分けた肉親の姉弟だった！　否宇宙の一切万物は皆私自身であったのだ！

「門付の女」などという言葉に、ある時代感覚と、岩田の、下層生活者への共感の眼差しをみることができる。私の肉体は過去の万物を足場にしてつくられ、私の活動の結果は、未来へ無限に波及していくという宇宙観は、万物が同胞であり、究極的には私自身であると言っているのだろう。

許して下さい！　私は非常に悶えた。苦しんだ。然しどうする事も出来ない。私は私自身をも完全に満し、同時に他の一切も完全に満たされてありたいと願っている。然し此の児棄てざれば此の身飢ゆ、此の身飢ゆれば此の児育たず、棄つるが是なるか、棄てざるが非か？　実際他の一切を傷つけまい、殺すまいとするなら自分は自決しなければならない。自分が生きようとすればどうしても何かを殺さないでは生きられない。人間恩愛この心に迷い哀々禁じえない無常の涙である。

せっぱつまった彼の叫びのような一節である。

評論家の鈴木正氏（元名古屋経済大学副学長）は「岩田義道論」でこう述べている。

かって青年期の河上肇が無我苑にとび込んだ際の心境にどこか共通した精神の和音を感じる。二十七歳の河上は「人もし汝の右の頬を打たば……」というマタイ伝の言葉に心の目を開かれ、人生にたいする疑惑と精神の煩悶から絶対的非利己主義の実践に没入する。その経験と反省をのちに「利己主義と他利主義」と題して『社会問題研究』第六冊（一九一九年六月）に発表している。岩田が河上にひかれた原因のうちには、社会科学的関心ばかりでなく、〝生〟の根元からくる苦悶に真剣にたちむかっている河上の姿があったというべきだろう。

（「岩田義道論」）

もう少し、鈴木氏の論文を読み進めてみる。

河上は、他人が飢えているとき、自分だけ飽食する不徳の解消を一個人の道徳的問題でなく、社会科学を媒介に道徳的な社会問題としてとらえなおし、社会主義の実現を共産社会の方向に見出し、物的に改造、心的改造、革命と救済を統一する関節をおさえてゆく。それが、科学的真理とともに宗教的真理の存在を承認するマルクス主義者・河上の原体験であった。岩田の前につったっていたのは、そのような師であった。

鈴木氏のこの論理は、河上と岩田との師弟関係の結びつきの深いところを突いていると思う。

二十七歳の河上と二十一歳の岩田とは、強烈さにおいては共通していた。漱石が（あの位の決心がなくては豪傑とはいわない）と感服したほど河上は大胆であったが、思索のリアリティからいうと、苦学力行した岩田のほうが河上に比して、観念的要素が少なく、理想に迫る存在感がある。私の主観だが……」と述べている。

岩田の「紀念塔」に戻ろう。

過程中にあるものとして、よりよき、より多き価値を創造する為に、よりよき生を創造する為に、止むを得ずより悪しき、より小さな価値のものを、心ならずも痛めたり、殺したりするのだ。断腸の思いで、最も敬虔なる態度で、絶えず許しを乞い、祈りを捧げて生きて行くのだ。決して横柄な態度ですべきではない。神から与えられているのだ。許されているのだと、無造作に考えて取り扱うべきではないと思う。

そして、「紀念塔」の文章は、次のように希望を表明して結ばれている。

絶対愛の王国への途上にある私は、絶えず宇宙万物に赦罪と感謝と祈りを捧げて、最も敬虔に、最も力強く、最も能率を大にして、未来の王国へ、愛の王国へと近付きたい。宇宙の一切をして近づかしめたい。愛の手をより価値の大なるものより、より価値の小なるものへと推し進めて、終には一切万物が皆満たされ得る極楽浄土を実現したい。

松高では、この校友会雑誌（第四号）の「紀念塔」を、学生達はどう読み取ったのか、反応はどうだったのか、それはわからない。

しかし、ここに描かれている人間の対立と生命の矛盾を大調和に変える課題は、岩田が関心を抱くようになった、次の課題に引き継がれることになったのではなかろうか。

鈴木正氏は、一九二五年に岩田が書いたと推定される「マルクスの弁証法私見」に対し、彼の未来を予言するような思想の実践を知ることになろうと書いている。

率直に言って、私は「紀念塔」という題目にひっかかり、疑問をもつのである。何故「紀念塔」なのか。彼の言う紀念とは何か。

彼はこの時、何か心の中に大きな決別、あるいは心の転換、よく言えば、進展を意識していたのではないか。そしてその決別する尊いものへの追悼の気持ちを残したかったのではないだろうか。これは浅学な私の勘である。

京都帝国大学入学、そして逮捕

一九二三（大正一二）年四月、念願の京都大学経済学部に入学した時、岩田義道は二五歳で、キクヨとの間にすでに子どもが一人あった。松高時代からの彼のあだ名である「おやじ」は、大学でもそのまま引き継がれた。下積みの労働、教育現場で接した子弟の貧しい家庭環境、長かった苦学生活、それらを体で知ってきた岩田が、象牙の塔に象徴される旧い大学に安住し、満足できるはずもなかったであろう。

また時代の一般的背景も、世俗的な富や地位よりも、内面的価値がまじめな学生の意識をとらえていた。

第一次大戦の経済事情もまた、いろいろの深刻な社会問題を生み出し、社会主義的思想が、真面目な人たちの間にじわじわと浸透してきた。いまこそ、社会的、政治的現実の抑圧に直接抗する自由の獲得を目指さんと、学生の間には徐々に意気が上がって来た。彼ら学生には社会科学が、明治維新以来つくりあげられた「近代日本」の支配秩序の総体を批判しうるものになると映ったのであろうか。

岩田らが東大の新人会に刺激され、京大に「伍民会」（民衆と組むとか民衆の仲間といった意味を表わす名称）をつくったのは一九二三（大正一二）年一〇月である。

その発端は、前年の一一月七日、ロシア革命五周年記念日の夜を期して結成された「学生連合会」を全国に拡大する第一歩として、東大の新人会が京大に働きかけてきたのである。

各学校には社会主義、社会科学の研究会ができて、校長や警察当局を驚かした。学生社会科学連合（略称「学連」）ができて、軍事教練反対の猛運動を起こし、意気さかんなものがあった。京大の「伍民会」も名称を改め、「学生社会科学連合会」とした。

一九二五年、学連は全国加盟校五九校、一六〇〇名余の会員となり、上げ潮に乗って全国大会が開かれていた。

その時、最も指導的に活躍したのが、京都大学の学生であった岩田義道である。

九月二五日、岩田は卒業後のことを山田盛太郎と相談するため上京した。この上京には、ほかに関東学連の実情を知るねらいもあった。

学連の会合に顔を出してみると、東京では少数のものが活動を牛耳っている排他的な傾向であった。その点を指摘したら逆に「京都は余りに『デモクラック』でいけない」と言われ、岩田は違和感をおぼえた。

一〇月一〇日まで在京して、その間に政治研究会や労働総同盟の大会に出席し、産業労働調査所にも立ち寄った。

その時の岩田義道の印象を、志賀義雄はこう言っている。

　一九二四、五年のころから、京大に岩田義道というなかなかしっかりした学生がいて、弁証法についてなかなか勉強しているそうだ、こんなうわさが私の耳にもはいるようになった。一九二五年の夏、内幸町の産業労働調査所へでかけたところ、そこに世にもまれな善人の顔をした大学の制服姿の青年がいる。だれかと思ってみているとその青年が傍にいた友人に『O君、紹介してくれ』といった。O君は「京大の岩田義道君です」ときまじめな顔つきでいったが、その岩田は善人顔のうえに、これまたインテリゲンチャにはめずらしい心からのわらいをうかべて私の手をにぎった。私はこの青年に無条件に好感がもてた。

（志賀義雄『日本革命運動の群像』）

天から授かったとも思える底抜けの楽観性、これが義道の最大の武器でもあった。

前々から弾圧の機会を狙っていた京都府警は、久保田特高課長を中心に学生の活動に対する監視と取り締まりを強化し、弾圧の機会を狙っていた。

一二月一日、岩田ら三三名が検挙された。そのときはすぐに釈放されたが、しかし、これは弾圧のほんの前哨であった。

これに抗議して一二月一四日には千余人の京大生が立って、大学の独立と研究の自由を叫んだ。また京大法学部・経済学部の教授団も研究の自由の立場から警察の処置を違法なものと非難した。

緊迫した情勢のなかで再び強権が発動された。特高課長は内務省の指示を仰ぎ、検察首脳部との秘密会議で学連の壊滅をめざして、幹部の全国的検挙の手筈をととのえ、翌一九二六年一月一五日から手入れが開始された。これが世に言う「学連事件」である。起訴された三八名の被告が名を連ねているなかの最年長に、岩田義道の名がある。
時をおかずして、「『京都学生事件』の意義を我々は今如何に把握するか」を書いて芦屋好夫が次のように論じている。

我々は此の弾圧の本質を単にブルジョア学生の研究の自由、社会科学の普及に対する弾圧と見ずして、当時転換を要望しつつありしプロレタリアートの最も意識的部分に対する弾圧と解する。(中略)その直接の弾圧の対象が学生でありしと否とに不拘、その本質に於て直接にプロレタリアートに対する、而してその最も意識的なりし部分に向かっての、ブルジョアジーの攻撃である。

この事件の意義は、このようにとらえられたのだが、言いつくされていると鈴木正は述べている。

学生社会科学運動の中で、岩田が探究し、運動の基にしていた弁証法について、彼が弁証法に精通していたことは、河上門下生や学連幹部のあいだでは周知のことで、東京にまで聞こえていたというが、河上ものちに『自叙伝』で、こう述べている。

「彼は高等学校時代から『資本論』を読み始めたと言っていたが、当時の一般の左翼学生と違って、マルクスの基礎理論についても中々勉強していた。私は彼を初めて知ったのは、社会科学研究の例会席上で、唯物弁証法に関する彼の研究報告を聴いた時のことであるが、私はそれに感心して、当時櫛田民蔵君に宛て、その事を申送った筈である。学資の関係から進学が遅れていたが、彼はまだ経済学部の学生であるのに、郷里の同窓たる山田盛太郎君はすでに東京帝大経済学部の助教授になっていた。しかしその山田君が、自分の論文を発表する前、草稿を岩田の所に送って批評を需めたりなどしていたところから察すると、山田君も早くから彼の理論的能力を認めて居たのであろう。ところで彼は、ただに理論に長けていたばかりでなく、また階級の闘士として立派な腕をもっていたものと思われる」

学連事件第一審の判決は禁錮一〇ヶ月であった。

一九二六（大正一五）年七月、病気で出獄した彼は松山で静養ののち、一九二七年九月に上京し産業労働調査所に入った。ねらいは一九二八（昭和三）年を期して実施される「普通選挙」（普選）という新しい情勢に即応するため、さしせまった必要にこたえるところにあった。当時、労働運動、政治運動とともに、大正期に高まって来たのは、普通選挙要求運動であった。

帝国議会の衆議院議員を選挙する資格は、国税を一五円以上納める満二五歳以上の男子で、これは総人口の約一パーセントにすぎなかった。

その後、一九〇〇（明治三三）年には納税額を一〇円に引き下げたが、これは総人口の約三・五パーセントであった（家永三郎編『日本の歴史』6）。普通選挙を行えという声は、いろいろな方面からあがり、議会にも提案されたが、そのたびに否決されてしまった。

大正になってからは、地方の青年たちのあいだにもその運動が生まれ始めてきた。

イギリスでは一九一八（大正七）年、二一歳以上の男子と三〇歳以上の女子に選挙権をあたえるという普通選挙が行われている。

時の日本政府も、普通選挙は世界の大勢であることは認めながらも、まだ日本では早すぎると考えていた。しかし、一九一九（大正八）年にわずかに改善され、有権者は三〇七万人となり、これまでの二倍以上になった。それでもなお国民総数の約五・五パーセントでしかなかった。

国民は満足せず、納税額で選挙資格を決めるような制度をやめようという普通選挙運動はさらにもりあがっていった。各地で労働者や府県の代表者が集会を開き演説会が行われた。

そんななかで、一九二五（大正一四）年は日本の政治の歴史にとって、また日本の民主主義の歩みにとって、忘れてはならない年となった。

この年の三月二日、衆議院は普通選挙法を可決した。これで、衆議院議員の選挙権をもつ国民の数は、それまでの約三〇〇万人から、約一二四〇万人へと増加した。二五歳以上の男子すべてに、選挙権があたえられたのである。

しかし、女性の選挙権は太平洋戦争の敗戦まで、待たなければならなかった。

ところが、この同じ議会で、同時に治安維持法も可決されていたのである。議会は、普通選挙をあたかも、民主主義の証のようにひらつかせながら、一方で、言論、思想の自由を封じるべく捕縄を準備していたとも見て取れる。

先にも述べたように、岩田義道らの学連事件での逮捕は、実にこの「治安維持法」のわが国における最初の該当者となったのである。

「治安維持法」について、もう少し詳しく見ておきたい。

「治安維持法」とは、天皇制と私有財産制度（資本主義）を否認する者を処罰する法律である。一九二五（昭和三）年に公布され、さらに最高刑に死刑を加えるなどの改定が加えられた。第一次大戦後の民主主義思想や、社会主義思想の普及に加え、労働運動の発展と普通選挙法の実施による労働者や農民の進出をおさえようとする意図をもったものであった。当初は共産主義者や無政府主義者を対象としていたが、適用を拡大して言論、出版、思想、学問の自由などの基本的人権を抑圧し、政府に批判的な動きを封殺した。治安維持法による逮捕者は数十万人、七万人が送検され、刑務所や拘置所での獄死者は四〇〇人余に上ったとされる。（「朝日新聞」）

一九四五（昭和二〇）年、占領軍の覚書でこの法律は廃止された。ところが二〇一七（平成二九）年六月、組織的犯罪処罰法に「共謀罪」条項を加える法案が国会で強行採決され、七月施行された。特定秘密保護法、安保関連法に続く三つめの〝戦争法〟である。この「共謀罪」の新設は「平成の治安維持法」とさえ言われている。そのうち戦前のように、政府を批判した者は弾圧され、検挙される世の中になってしまうのではと、大きな不安が頭をよぎる。

一九二八（昭和三）年、岩田義道は日本共産党に入党した。我が国最初の普通選挙は、この年に行われた。政府がひどい干渉を加えたとある。岩田義道は、福岡まで出かけて、徳田球一を応援した。同年、日本共産党が『赤旗』を創刊する。岩田は選挙後、『無産者新聞』『赤旗』の編集と発行の指導的な任に当たった。

一九二八年一〇月、岩田は再度検挙され、豊多摩刑務所に収監される。当時、獄中から、岩田が妻に送った手紙には、彼の非常に純粋な、経済倫理的心情が吐露されている。

妻のキクヨは二人の子どもをかかえて、生活を支えるために、同志たちの援助で、古本屋を開いていた。その妻への手紙で「君の職業としては云うまでもなく労働婦人になること以外にない。本屋は事情上止むなく許される職業である。が、人を雇って本屋をやる事。即ち君が雇主の位置につくことは断じて許さない。雇主となることは吾々の絶対に渡るべからざる階級的境界線を踏み越えるものである」と忠告している。

これはごまかしてはならない階級的良心、汚れなき初心ではないか。魯迅のいう〝革命人〟のモラルと一脈通じたものに相違ない……と鈴木氏（前述）は述べている。

一九三〇（昭和五）年一〇月、二年余の未決監生活から彼は保釈になった。それは周囲が意外に思うほど早い保釈であった。

一九三〇（昭和五）年五月一二日の第一五回訊問調書には、「被告は被告の将来に関して何う考えているか」という質問に対し、岩田は次のように答えている。

約一年前より将来非合法活動は断然やらない考えになりました。合法的範囲内に於て然も文学的評論家として生活するという決心は今日益々堅固に益々明確になって参りました。

さらにそう決意した理由を累々述べている。健康状態、年老いて生活に苦労している父母、病気の子どもをもつ病後の妻のことなどをあげ、最後にこうある。

私は政治家では勿論ありませぬ。政治家たる素質を全く欠いています。私は私の才能を正当に認識して居る積りであります。私は精々の処、一科学者でしかあり得ますまい。然も全く一小部門（例えば経済学・歴史学）の一学徒として研究に従事するか、いずれが真理にとって、労働者の解放にとって効果的かと自問し、過去二年間の深刻な自己批判の結果は厳然として私に後者の途を指し示しました。私は今揺ぎなき堅き決心に立っているのであります。

そして次が、保釈前の最後の訊問調書である。

（略）私は上述の党の見解は大なる誤謬を含んで居ると申し上げます。（略）何れにいたしましても仮に万一私の批判研究の結果が上述の党の見解が正しいと云う結論に到達したといたしましても、然る場合におきましても私は断然共産党の運動には参加致しませぬ。私は絶対に参加致しませぬ。私の此の決意は断固不動であります。（一九三〇・一〇・二　第一六回訊問調書）

こうして、岩田義道は保釈された。

二年余の未決監生活から保釈になった岩田が、地下活動に入る直前に、河上博士を訪ねた。岩田はおやじと呼ぶ河上にさえ本心を明かさない。

河上は、岩田の転向書の一件を聞いていたので、驚きの中で彼と対面した。そして、次のような文章を残している。

私の疑惑が遂に掃うべからざるものになった時、私は恍然として驚き、憤然として嘆いた。恐らく妻子への愛情にほだされたのであろうが、彼ほどの人物でも一旦窮地に陥るとかくまで変質をなしうるのであるか、実に憤嘆にあまりあることである。（河上・自叙伝）

岩田は、河上に、木曽川の父に船を贈りたいので、千円の金を貸してほしいと申し出た。

河上は、彼の言動について、理解しがたい疑惑と不信を抱えていたのだが、それが解けないまま、快く岩田の願いを入れて、千円を渡したという。

この時、河上から借りた千円について、現在に至っても、郷里の木曽川の実家では、父親が船を送られたと言う実証は得られず、村内の話題にすらもなっていない。借りた千円は果たして本当に父親に船を贈るための費用であったのだろうか。証拠はないが、地下活動に必要な費用ではなかったのか。あるいは、ひそかに恩師への決別を意識した訪問の口実ではなかったのか。今となっては不明である。

出所した岩田には、労働者階級の解放という究極目標と、それを方向づけるマルクス主義と、さらにそれによって揺るがない前衛党という選択があった。

彼の生きがいは、この選択した価値と理想に全存在をかけ、それへの私心なき不屈の献身にこそあった。

彼は、妻キクヨに階級的良心を説いた手紙（前述）のむすびで「元より吾々の進むべき道は『戦ひか！然らずんば死！』以外にはない」と記したが、これがまぎれもない彼の本心であったのだ。

切々たる転向書まで書いて、出獄する彼に託されたのは、まさにおころうとしていた侵略戦争にたいする闘争のことであった。

そしてそのための武器として、『赤旗』を再刊すること、それもガリ版でなく、活版にすることであった。

指導的立場にある共産党員が次々に検挙され、絶滅寸前まで打撃を受けて、やっと再建された党にとって、岩田の存在は絶大であった。

「新生共産党は岩田を加えたことによって正統的な共産党の性格を備えたといえる」と松本清張は『昭和史発掘』に書いている。また埴谷雄高は岩田の存在を、つぎのように述べている。

昭和五年、野坂の海外脱出の噂を聞いたのち、日本に残っていて私たちに名を知られていた指導的人物は彼（岩田）ひとりであり、私達が党へ組織されるとき、あっという間もなく近づいてきて私達の間近かに座ることになったのが、彼だったので、その頃の私達の感じでは、最高指導部イクオール岩田義道といったふうで、私達のあいだでひそひそと話されるなかに実在の人物の名が出てくるのはつねに彼の名だけであった。（『鞭と独楽』）

この頃、岩田の保釈が、取り消されるかもしれないという噂を豊多摩刑務所内にいて聞いた志賀は、面会に来た妻に、「岩田に、すぐもぐってくれと告げよ」という意味のことをそれとなく知らせた。

岩田義道はほどなく地下生活に入った。

地下生活

安冨淑子《やすとみよしこ》は青ざめた顔で、馴染んだ自宅の玄関の格子戸に手を掛け、そっと引いた。

外には、和紙をちぎったような雪が舞っている。そのまま、ひと足を踏み出しかねて、とまどいの眼を庭に向ける。

赤い南天の実も門かぶりの松も、寒さの中に屹立している。父が好きだった松。

「松はな、土の上に張り出した枝と同じ分だけ、地面の中に根を張っているものなんだ」

父がそう教えてくれた。

父は淑子の本当の父ではない。母が、姉と淑子を生んだ後、離婚して上京してから、結婚した相手である。でも淑子はこの父が大好きだった。何故かと問われると、はっきりとは答えられないが、父の持っている雰囲気が好きなのだと思う。淑子が感じる父は、どんなことをも受け入れてくれるという安らぎであるかもしれない。

淑子がいま家を出て行けば、父とも、これからずっと長く会えなくなるかもしれない。気分は重くなる一方である。

母は強烈な色の花が好きだった。声が大きくて、怒りっぽいが、心配性で涙もろい。細面の母の涙顔が浮かぶ。

生きて再びこの家に戻ってこられるだろうか。淑子の躰が、寒さの中でひとりでに震えだす。

案じてくれる両親にも、淑子はいま、自分の行く先を告げることができない。家を出る理由も打ち明けることができない。

これで、いいのだろうか。いいのだろうか。いまさら何を迷い、ためらっているのか。

羅漢樹の上に積もった雪が、細い葉の上を滑り落ちる。

思い決めて、ひと足を踏み出す。黒いカシミヤのコートの肩や腕に、ふわりと雪片が舞い降りてくる。ひとひらの雪は、肩先で、身もだえするように震えて、あえなく水滴になる。

格子戸を後ろ手で閉めた。ピシッ。淑子の気持ちがしゃんと立ち直った。

ひとりじゃない。涙の滲んだ眼を灰色に垂れこめた前方の空に向ける。淑子は、顔を上げて足早に歩き出した。

身の引き締まる寒気。この中でこそ生きることができる。深く息を吸い込み、肩を下ろすようにして息を吐く。覚悟を決めてからひと月以上たった今も、寒さのせいなのか、足の運びがぎこちない。

しかし淑子の胸は、いま静かに燃えだしている。

一九三一(昭和六)年一月一〇日、午前九時、東京は正月気分も抜けて不景気の風の吹くなか、道行く人々の表情もどこかぎすぎすしている。

安富淑子二七歳、これから彼女の向かう先には、両親にさえその名を告げることができない一人の男が待っている。岩田義道その人である。

歩き出しながら、彼と初めて会ったときのことを思い浮かべた。すると、淑子の胸がほっくりあたたかくなる。

彼は三二歳だと後で知ったが、初対面のときは淑子の眼に、四十過ぎにもうつったのである。見当違いをしたことを思い出して、淑子は首をすくめてくすっと笑った。彼は頭髪が薄く、額が広くて、禿げ上がっているように見えたのである。二度、三度、と会う度に、かなり淑子の気持ちがかたまっていた。彼は、大きな仏像のような体を小さくかがめ、その体を硬くして、淑子に深ぶかと頭を下げた。淑子の返事を聞くまでは、いつまでもこの頭をあげまいとでもしているように。


ふとコートを軽く感じて、歩みながら空を仰ぐ。いつの間にか雪は上がり、薄日が覗いている。あたりの様子を窺うと、河崎なつの家のすぐ近くまで来ている。

私はやっぱりどうかしていると淑子は思った。こんなに不用意に、思い出にふけって歩いていることなど、以後、絶対慎まねばならない。淑子は己を戒めて足を速めた。

河崎なつの家に着いて、なつと並んで堀炬燵に冷えた足を差し込んだ。炬燵の上に蜜柑がころがっている。

なつはその一つをとって丁寧に蜜柑の皮をむいて、黙って淑子にさしだした。これ、あなたへのご褒美よ、とでも言うように。にっこりして淑子が蜜柑をほおばる姿を、好ましいものを見るように眺めている。

しばらく経って、なつはやっと口を開いた。

「さすが淑子さん。ついに決行したわね。ほら、御茶ノ水女子師範で、私たち、舎監ボイコット、それにテストボイコットもしたでしょう。あのときも不安だった。みんながついてくるかどうか。でもやった。御茶ノ水事件、あれが私たちの権力への反逆の第一歩になったのよね」

「そう、文字通り、国賊への入り口」

ふたりは顔を見合わせて口元に笑いをつくって首をすくめた。だが、二人の眼は鋭く見開かれたまま、笑ってはいない。

「彼はここへ来ることになっているのかしら」

淑子がひとりごとのように言い、辺りをうかがう仕草をする。

「さあ、私も聞いていないのよ。あなたたちの住まいはまだ決まっていないそうよ。密かに信頼できる人の伝手《つて》で探しているらしいけど。何しろ、難しい条件がいろいろあるからさ、おいそれとはいかないらしいわ」

岩田と淑子が、腰を落ち着けて仕事に打ち込むためには、警察の目の届かない、なにより安全な場所を探さなくてはならない。それが決まるまでは、転々と友人や同志の家を泊まり歩くことになるだろうと言う。なつの家にいるときは、淑子は、なつといっしょの部屋で寝て、女子学生時代に戻ったようによくしゃべり、はしゃいでいた。

三年前の一九二八（昭和三）年二月、第十六回総選挙が行われた。この選挙は記念すべき最初の普通選挙だった。日本共産党は中央機関紙『赤旗』を二月に創刊したばかりだった。共産党の関係からも一一人が立候補している。淑子もポスターを描き、合法的応援をしてきた。しかし政府がひどい干渉を加えてきた。三月一五日には全国にわたり共産党員の大量の検挙が行われた。

七月三〇日には淑子も捕まった。築地署にしばらくいた。父も母もすぐさま面会に駆けつけてきた。良識ある両親であったが、かなり動揺している。

淑子は自分でも驚くほど落ち着きはらっていた。捕まってからずっと、淑子は言い訳を考えていた。

「友人の田中さんが駆け落ちして来て、かくまってくれと言ったから、いっしょにいただけで、私は何も知らないんです。女学校以来の親友から、田中さんが住むところがなくて困っているから、しばらく置いてあげてと頼まれたのです」

それで通してしまった。

淑子はお茶の水女子高等師範学校を卒業した後、新潟女子師範、長岡高女に一年ずつ勤め、その後、母の勧めで東京へ戻り、練馬の中村女学校に勤めていた。婦選獲得同盟（婦人参政権獲得期成同盟会）の人たちと親しくなって、その仕事を手伝うようになっていたのである。

取り調べに当たった毛利警部は、

「君は人がいいらしいから、友達のいうことを真に受けて、こんなお事にまきこまれることになるんだ。昔からいうだろう。朱に交われば赤くなるとな。二度とこんなことはするな。そして、二度とあんな奴らと付き合うな」

案外優しいおやじ顔で親身に忠告する。淑子は真顔で、

「本当に世の中は大変なんですね。とんだとばっちりで」

と不安げに毛利警部に言って、神妙にしていた。

淑子は起訴猶予になった。釈放のとき、毛利警部に本署に連れていかれた。

「あんたは家庭もいいし、職業もいいし、今度だけは許してやる」

と言われて、迎えにきた父に引き渡されたのである。

父は都庁の職員で、母は女学校の教師だった。

母は泣くばかりで、

「ご先祖様と天皇様に申し訳ない、引き取ることはできない」

と言う。淑子は母を信頼していただけに、この言葉を聞いてがっかりした。

四つ上の姉は、

「国賊の妹を持ってすみません」

と新聞記者の取材に応じていた。

淑子の身を案じて、郷里の山口から上京していた祖母だけが、同じ記者にこう語っ
「淑子がやることとじゃけん、悪《わ》りーことじゃありますまい」

ているのを聞いた。これまで涙を見せなかった淑子の目に、そのとき涙が溢れた。

すっかり背中が小さくなった祖母だった。仕事を持っている母に代わって、淑子が
東京の学校に入るまで山口県の生家で祖母が世話をしてくれた。

釈放後、淑子は家族と離れて、杉並の親戚の家の二階に引き取られた。いわば勘当

同然の仕打ちだったのである。ところが、その家のすぐそばには「モップル」の渡辺まさのりの母、関まつと息子が住んでいた。

ここは、投獄された仲間への差し入れをする事務所だった。淑子もそこで、関まつさんに差し入れを頼まれたりして手伝っていた。女学校の教師の勤めは辞めざるを得なかった。

しかし、祖母の葬儀をきっかけにして、再び家に戻ることを許されたのだった。それを淑子は、祖母が自分の死にこめた、淑子への密かな計らいのように感じていたのであった。

淑子は自宅に帰ってからも、小さな印刷屋の事務員をしながら、「モップル」の事務所へ行って、仲間の仕事を手伝っていた。

こうしているとき、その小さな事務所で初めて、淑子は岩田義道に会ったのであった。そのときは、お互いに名前も知らず、聞きもしなかった。党の関係者らしいとは予想がついたが、それほど重きを置く人物とも思わなかった。言葉を交わすこともなかった。ただ、どこがどうというわけではないが、淑子の心に、一瞬火花が飛んだような感じで、彼が入り込んできた。

あの人は何者だろう。身近にみる活動家のなかでは、物に動じない、威張らない、静かなたたずまいの人という印象だが。何とはなく淑子の記憶に残り、気になる存在となったのである。

それから、二、三日過ぎた頃、新潟女子師範学校を卒業して、長岡高女でいっしょに勤務していた斉藤芳江が上京して来た。斉藤は、病身の母と年老いた祖母がいるため、上京したくてもなかなか思うように上京できないと嘆いていた。斉藤は一晩淑子の家に泊まっていっしょに寝た。

彼女は地方にいながら、最近の世間の動向については淑子より情報通のところがあった。職場の様子や、だれかれの噂話がひとしきり続いた。その後、突然、

「岩田さんが、もぐるので、さしあたりなんとかならないだろうか」

と彼女が切り出した。

「岩田さんって?」

「ほら、この間、事務所に来たんじゃないの、体格のいい人。京大に伍民会を作って活動していて、逮捕された人よ」

そう言いながら、斉藤が淑子の顔を覗き込んでいる。どんな小さな表情も見逃さな

いぞというような、注意深い視線を送ってくる。

「ああ、あの噂の人ね。弁証法の研究では彼の右に出る者はおらんと、京大の河上肇博士に言わしめたという。そうか、あのときの牛みたいにのっそりしていた人が、岩田さんだったのか」

「そう、確か結婚して奥さんも子どももいるはずよ」

「道理で、この間ちらっと見ただけだけど、学生っていう顔してなかったもね」

二人はそんな会話を屈託なく語り合い、淑子が湯呑みに残っていてぬるくなったお茶を飲みきってテーブルに置いた。そのときはっと顔を上げて淑子は焦り気味に早口で言った。

「なんとかならないかって？　ひょっとして……私に」

「そう、岩田といっしょにもぐるのよ」

斉藤がこともなげに言う。

「身分は党の秘書だけど、結婚を装って、捜査の目をくらますの」

二人はその後、沈黙した。しばらくしてから、斉藤がぽつんと言った。

「ま、偽装結婚っていうのかな」

斉藤は翌日新潟に帰って行った。

淑子は斉藤の言った言葉をずっと考え続けていた。

淑子の眼に、岩田は一見、泥臭いおやじのように映っていた。いままで出会ったことのない規格はずれの人間のように感じた。それは好意とも呼べる種類の感情に近いものであった。

何故私なのか。自分が拒絶すればどうなるのか、淑子は一人で考え続けていた。

数日して、今度は、岩田義道自身が淑子をたずねて事務所にやって来た。外はすでに日が落ちている。

二人は、物置のような二階の、裸電球の灯る部屋で向き合った。淑子と義道は、それぞれの、ある目的を胸に秘めたまま、互いに相手の心の奥底を読み取ろうとする強い眼差しを送っている。

岩田は大きな体をすくめるようにし、きちんと板の間に正座した。仏像のように座りのいい姿、顔までふっくらした仏顔だ。

「党の秘書として、いっしょに生活してもらえんだろうか」

言葉は短かった。深々と頭を下げる。

淑子は答えることができない。漫然と、もぐるという言葉の意味するものは知っている。しかし、秘書としてということはどういうことなのか。特に女である自分に、いかなる覚悟を求められているのか。

二日後、最初に言葉をかわしたと同じ二階の部屋で、淑子は再びたずねてきた岩田と会った。そのとき、その席にはもう一人、淑子の知らない男性が同席していた。

岩田は淑子に対して静かに語りだした。

「私は、昨年一〇月、二年余りの未決監生活から釈放になった身です。獄中で、党幹部と秘密に連絡をとり合い、保釈出所後の任務をもって転向書をしたためたのです。

私の渾身の力を込めて書きました。奴等は、私の転向書を信じてくれたのです。私は釈放されました。任務は、まさに、起ころうとしているこの侵略戦争に対する闘争のためです。その武器として、『赤旗』を再刊すること、それもガリ版でなく、活版にすることです。

嘘、偽りは良くない。しかし、もっと大きな目的のために出所せねばならない私に残された方法は、これしかなかったのです。彼らが、あの転向書を信じて私を釈放してくれたのです。それは、彼らが、正義にかける私の情熱の強さを、転向の意志の強さと勘違いしたからでしょう」

彼は穏やかに頬をゆるめた。彼の話す言葉の中味は過激ではあった。しかし声は柔らかい。平静に日常生活のあれこれを語るように、少しも激したところなく話した。彼は冷静である。希望に満ちた表情をしている。

どうして、この人はこのように楽観的にものごとを感じ取ることができるのだろう。淑子は元来、考える人より感じる人が好きであった。常々、人を選ぶ際の基準は、理論ではなく、勘、即ち感性なのだと、人一倍理論家の彼女が、漠然と考えていたのである。これはあるいは、女性特有の本能に近い特質であるのかもしれない。

岩田が地下にもぐるために、秘書としていっしょに働いてくれる女性を探しているという噂は淑子の耳にも届いていた。岩田の理論的レベルの高さ、実践と経験の集積、いずれをとっても、一級の人物であることを淑子は見抜いている。その上、人柄が底抜けに明るくて純粋であることも申し分なかった。

しかし、たったひとつ重大な点で疑問が残っていた。

彼に妻子があることであった。

淑子に白羽の矢が立って、岩田自らが淑子を訪ねて来た時、彼女はその点を明らかにすることを岩田に求めた。淑子は潔癖な性格であった。うやむやにすることを許せない気性なのであった。

淑子に会ったその時、はっきりと岩田の心に、淑子との結婚の意思がかたまったのであった。

やがて、岩田は妻キクヨとの合意のもと離婚し、淑子と再婚することを、誓約書にしたため、第三者立ち合いで再度淑子のもとにやってきたのであった。

「奥さんやお子さんはどうなさったのですか」

淑子が冷静に聞いた。

「離婚してきました」

岩田が答えた。同席している男が補足した。

「私の見ている前で離婚届を書いたのです。私がそれを奥さんのキクヨさんに届ける労を取りました。双方納得済みの離婚です」

岩田が後を続ける。

「家族で、四国の、キクヨの実家にも行ってきました。キクヨの兄は最初は反対していたのですが、最後には気持ちよく手を振って送り出してくれました。

尾張の国、木曽川のほとりに住む私の両親のところへも行ってきました。両親は木曽川で荷を運ぶ船の船頭をしています。実は、河上博士から金を拝借して、木曽川の両親に新しい船を一艘贈ってきたんです。両親に船を贈るのは、私のかねてからの念願だったので。せめてもの親孝行のつもりでした」

淑子はすっきりと顔をあげて、岩田の顔を見つめながら聞いている。

岩田はこの会話の間じゅう、最後の別れとも、最後の親孝行とも、最後という言葉を一度も使わなかった。それは、むしろ岩田の並々ならぬ、楽天性と堅い覚悟が隠されているにちがいないと淑子は感じていた。

「おっしゃることはわかりました。私の気持ちもお話ししたい。おたずねしたいこともあります。明日、再び時間を取れるなら、二人きりでお話ししたいと思います」

淑子は、こう返答した。

翌日、同じ場所で、同じ時刻に淑子と岩田は向き合っていた。淑子は、白いシルクのブラウスの上に一番好きな紺のスーツを着、薄く化粧さえしている。

最初に口を切ったのは淑子だった。

「あなたの任務の重大さと意志はわかりました。私はあなたを尊敬しています。生き方にも共感しております。妻子とも別れてのこれからの活動であれば、私たちは同志であり、さらに……」

淑子が言い淀んだ後を岩田が受けた。

「ふたりはゆるぎない同志です。そして私も、淑子さん、あなたを尊敬しています。女性として好もしく思い、私のパートナーとして、許されるなら、結婚したいと望んでおります」

淑子の頬がほんのり桜色になった。そして真っ直ぐに岩田を見つめて言った。

「私の持てる力のすべてをかけて、あなたをお守りし、いっしょに活動していく覚悟です」

淑子が言い終わるか終らないうちに、大きな彼の手と、膝の上にあった淑子の細い手とが、どちらからともなく、がっちりと組み合っていた。

「あすもあさっても。そして十年も二十年も」

よく響く声で岩田が歌うように、言った。

二人は結婚届に署名した。

岩田は、ソビエトから帰国した風間丈吉、紺野与次郎らと、一月一二日、中央委員会を構成し、岩田はアジプロ部長、中央機関紙部長を兼ね、二月に『赤旗』を再刊したのであった。

やがて待望の隠れ家が決まった。季節はすでに、庭の紫陽花が様々に彩りを変える初夏に入っていた。

昭和六年六月末の穏やかな日差しのなか、午前一〇時ごろ、小田急代々木八幡駅に近い道路を、堂々たる体躯の紳士と美術家風の断髪洋装の女性とが肩を並べて歩いていた。地味な色合いの和服の多い通行人の中にあって、ちょっと人目を引く二人連れだった。しかも彼らは人々の視線を意に介する風もなく、あたかも洋行帰りのカップルのごとく、誇り高く胸を張り、大股で堂々と歩いて行く。

男は白い手袋をはめた左手に黒皮のトランクを下げ、女はこげ茶色のバッグを小脇に抱え、手に舶来物らしい小型のボストンバッグを持っている。岩田義道と安富淑子であった。

やがて、二人は、古びた二階建ての一軒の家の戸を、音もなく静かに開けた。すると、まるで待機していたように、上がり框《かまち》に男が飛び出してきた。

「村井康男君」

やはり間髪をいれず岩田が早口で確かめた。初対面である。しかし、これが岩田義道であることを村井はそのとき知らなかった。

淑子は慎重に周囲を確かめてから戸を閉め、全身を耳にして、戸の外の気配を窺っている。

義道はさっぱりとしたワイシャツに上等な背広を着、よく磨かれた靴を履いていて、身だしなみの良さを思わせた。一見瀟洒な紳士風の装い、しかし都会人から見れば、なんとなく野暮ったたく映るのであった。

淑子は、大柄な義道に寄り添うように、しかし一歩退いて立っている。背は低くはなく、痩せぎす、化粧気のない小顔に、目が大きく濡れ濡れと聡明な光を湛えている。ふんわり仕立てあがったグレイのワンピース。腰に締めた黒いエナメルのベルトが、きりっと決意を映すごとく締まっている。

この紳士風の身づくろいや、モダンで裕福な夫人風の装いは、街頭で刑事の目をくらますための防衛手段であった。

義道にとって、この装いは全体にどこかぎこちなくて、身体になじんではいない。傍目にも着心地が悪そうに映った。本来なら、無造作などてら姿で胸毛でも出している方が、一番彼に相応しい姿だったのだ。

彼はそそくさと家の中に入り、白い手袋をぬいだ。大きな肉の厚い手を外側から大きくまわして村井の手を握った。

「あすもあさっても。そして十年も二十年も」

言葉は静かだが、村井の手はぐいぐいと握り締められた。偉丈夫というにふさわしい岩田のがっしりとした体、ふくよかな顔に大きな座りのよい鼻、人なつっこい柔和な瞳、静かな話しぶり。インテリゲンチャにはめずらしい心からの笑いをその顔いっぱいに浮かべている。額はかなり禿げ上がって相当な年配に見える。しかし、一見して信頼するに足る十分な貫禄がそなわっている。

村井は、仏像のような善人顔の彼に無条件に好感をもった。

淑子も遅れて靴を脱いで上がり、

「淑子です」

と小さくつぶやいて、深々と頭を下げた。それ以上の言葉はなかったが、（岩田をどうか安全に匿ってやってやってください）と心から訴えているような深いお辞儀であった。まるで少女のように華奢で初々しい淑子の体じゅうに、岩田への想いがあふれているのを、村井は切々と感じ取っていた。

もともと村井の家は植木屋の屋敷内にある離れ家であったので、屋主の人は勿論、出入りの人たちの目にもつきやすかった。

六月上旬のある日のこと、河上肇の弟子・三村亮一（のちの『赤旗』編集責任者）から、

「重要人物が安全な居場所をさがしている。ぜひ預かってくれ」

と、突然依頼されたのであった。三村は村井の友人でもあった。

村井は、三村から、その重要な人物を預かるために、どこか条件のよい家に移ってもらえないかと頼まれた。それから二週間以上も毎日、家探しに走り回っていたのである。

好い条件というのは、党の重要人物などの顔が知られている幾つかの警察署の管内ではないこと。

あまり人目につかずに円タクの利用のできるところ、近所からなるべく隔離している独立家屋、尾行された場合も容易にまける、たとえば、横丁の多いような道筋、表口と裏口に別な道があるような、たとえば、角地の家……等々だった。世は不景気で貸家札がたくさん出ているときだったが、これだけの条件をみたす家はなかなかなかった。

やっと見つけたのが、この家だった。赤坂区青山高樹町(現在、港区南青山七丁目)の、電車通りから三〇メートルぐらい入った角地で、道をへだてて某子爵邸のある閑静な地域だった。

村井は、東京帝国大学文学部国文科を一九二五(大正一四)年に卒業している。卒業論文は「透谷と二葉亭」だった。卒業と同時に成城高等学校の教師になっている。一九二九(昭和四)年には、同人雑誌「白痴群」に参加し、小説「浪費者」を載せてもいた。

「白痴群」の同人は、中原中也、富永次郎、大岡昇平、河上徹太郎、阿部六郎、内海誓一郎、古谷綱武、安原喜弘であった。

また、村井はこの四月に、東京女子大出の福子と結婚したばかりであった。

その二人の新居へ、大変な二人がころがりこんできたのである。

村井は、二人の持っているカバンを受け取るとすぐさま、階下の一室に入れて戸を閉めた。そして、

「今のうちに、家の中を案内しておきましょう」

と言った。村井の妻の福子が現れた。

「妻の福子です」

と村井が紹介した。福子がゆっくりと頭を下げる。色の白い、少し冷たい感じを与える上品な顔立ちの女性である。白の夏大島に紫の桔梗を散らした麻の帯を締めて、楚々とした姿だ。

結婚して、まだふた月にもなるかならないか、と淑子は聞いてきた。そのせいか、福子の姿に淑子は何か、とてもまぶしいものを感じた。未婚の女であるなら持ち得ないような、女としての潤いが、皮膚から指先までに満ち満ちているように感じられたのだった。

この幸せな二人のなかに、岩田と自分を迎えることは、片時も気の休まることのない大きな不安材料を抱えることになるのだと思うと、重要な役割を帯びているとはい

え、淑子は申し訳ないことだと、おのずから顔はうつむいてしまう。

四人は六畳の居間に正座し、言葉なく、何か、それぞれ覚悟を胸に固めるように深くうなずいて、一人ずつに目礼し合った。

「階下にあるこの六畳、隣の四畳半、それに二畳は、私ども夫婦が使います。風呂場もありますから、声を掛け合って交代して入浴しましょう。ただし食事は、この六畳の居間でいっしょに取ることにします」

おとなしいように見える村井だが、てきぱきと用件を言い、すぐさま立ち上がった。

村井は階下のすべての部屋の中を、押入れの戸まで開けてみせた。部屋の窓もすべて開いて、この窓がどのくらいの高さで、どの道に出るのかを丁寧に説明した。

それから二人を二階へ案内する。急な階段は中ほどで小さな踊り場を境に、右に折れ曲がっている。四人の大人が次々に昇るので、階段はぎしぎしと歯ぎしりのような音を立てた。

「この階段は誰が上っても微妙な音がしますから、かえって、用心棒の役目をするかもしれませんよ。怪我の功名っていうやつですかな」

村井は、特に女二人の緊張をほぐそうとする配慮からか、少年のように無心な顔で微笑みながら言った。

実は、岩田も淑子も、村井夫妻を見たときから、やはり一目で気に入っていたのである。何とも清清しい表情の村井康男、しとやかで聡明そうな福子夫人、二人とも願ってもない第一級の人柄であると、岩田も淑子も、即座に絶対的な信頼感を抱いたのであった。

「この八畳をあなた方の仕事部屋兼寝室としましょう。二階の外部には物干し場があって、万一の場合にはそこから逃げ出せる可能性もなくはないのです」

岩田と村井は物干し場に出ることは避けた。真昼間、物干し場には近所の人の目がある。

一部に白蟻のついているような古い家だったが、場所がいいので家賃は二人の下宿代、食費として四十五円を支払うことを取り決めた。これは最後まできちんと岩田の手から村井自身に支払われた。

八畳の部屋の中央に、これからここで暮らす主を待っているように、藍染木綿の二枚の座布団が置いてあった。

「寝具や机などは私の家の物で間に合うので、後で運んできます」

村井は、東側に開いた低い窓の方を見ながら、

「あそこに、大きめの机を置きましょう」と言う。

二人は持ってきたトランクを二階の押入れに移した。

福子がお茶を運んできた。やっと四人は初対面の緊張から、ほっと心を解いて、香りのいいお茶を口に含んだ。

「今年の新茶なんです。新茶をいただくと寿命が何年も延びる百薬の長だとかいわれておりますので、宅では毎年、静岡から取り寄せております。ぜひ、お二人にも上がっていただこうと準備しておきました」

多分、福子には茶の湯のたしなみもあるに違いない。お茶の温度、濃さ、うまみとも申し分ない味だ。黄粉をまぶした一口大の菓子の、ほのかな甘さと茶の渋みが口の中で溶け合って、四人はまたほっと息をついた。

元来、茶とはこのように人々を寛がせる一服であるにちがいなかった。

淑子はふと、その名の通り多分幸せだったであろう福子の生い立ちを想像した。

そして、同時に、山口県の田舎で育った自分の幼い頃が、同じ女性でありながら別

物のように思い浮かぶのであった。淑子が生まれるとすぐに両親は離婚していたので、淑子は実の父を知らない。

母と祖母のサクの手ほどきを受けて、淑子は四つぐらいの頃から短歌を詠みだした。雑誌「少女の友」を買ってもらったり、文学的なものにも早くから触れていたから、田舎の小学校の子が知らないようなことも、淑子は知っていた。そんな中で、淑子は叱られた記憶は一度もないくらい、のびのびと育てられたのである。

母が東京へ出て再婚した後も、淑子は祖母の元へ残って、山口高等女学校を出るまで祖母と暮していた。

村にいる少女らと比べるなら、淑子は恵まれた環境で成長したといえる。しかし、両親の離婚は、四歳上の姉の方より、淑子に微妙なかげりを落としていたようだ。

姉も淑子も山口高女から、高等女子師範学校に進んだが、姉ははやばやと結婚して家庭に入った。

母に言わせれば、淑子はじゃじゃ馬なのだそうだ。

ふと気づくと、福子がいつの間にか階下から見事な螺鈿の蒔絵のついた硯箱と、厚さ二寸ほどもあろうかという白木の表札を持って来た。それを、村井と義道の間に置いた。

「あのう、表札を書いていただけませんか。私は誰からも、ミミズの、のたくったような悪筆といわれていまして」

村井が恐縮して、硯箱《すずり》を取りながら言い訳をする。

義道はためらうことなく、硯を右膝の前に引いて静かに墨をすり始めた。爽快ない い香りが立ち昇ってくる。

「ああ、これはいい墨ですなあ、香りが麗しい。しかし磨り方にもちょっとしたコツがあるもんでして。速からず、遅からず、せっかちにならず、気持ちを静めて磨ると、墨の最高の香りが引き出せるんですね、先ほどの、奥さんの入れられたお茶のように」

義道は何気なく話しながら、女性を褒めることも忘れない。

新しいこの家には勿論、村井康男の表札がかかげられる。義道は、大きな左手に、短冊を持つように表札を持ち、右手で、筆の上部を軽く握り、臆することなく村井康男の氏名を書いていく。勢い余った線が表札からはみ出しそうだ。達筆というより、味のある力強い字だ。

一段落すると、最初の日の夜から、同居する四人はさっそく会議をもって、互いの意思の疎通をはかることにした。ここでの日常生活のルールが定められる。

ルールの中で最も厳守すべきことは、左翼的言動をつつしんで、人目につかない普通の暮らしをすることであった。

そして最も重要なのは時間を厳守することである。誰でも外出した場合はどんなことがあっても夜の一〇時までに帰ること、この時間までに帰らない場合はなにか異状があったものとして、家にいる者は非常態勢をとることを話しあった。

非常態勢のうち、真っ先に行うことは、二人の所在を匂わすすべてのものを、まず処分することである。印刷物書籍類は、即座に風呂釜で焼却する。その他の持ち物類は天井の、或る特定の一枚の板をはがして、そこから屋根裏に隠すこと、などを申し合わせた。

同居者がいることは知られないほうがいいから、友人や学生など、ことに赤い人たちの来訪は避けること。村井の母親などが泊りがけで来るときは、義道らはよそに行って泊まること。二人の履物は放置せずに必ず毎日二階において保管することなど、細部にわたって話し合われた。

この会議はその後も、二人が同居してから義道が捕えられるまでの一年五カ月の間、しばしばもたれるようになっていた。四人が一つ屋根の下で、一つのトラブルもなく過ごせたのはこの会議による意思の疎通が大きかった。

福子のはからいで、押入れの上段には、真新しい二組の寝具が準備されていた。


ここでの最初の一日は、同居することになる四人がそれぞれ緊張していた上、遅くまで細々とした暮らしの具体や、近所の地図や、道の細部にまでわたり、聞いたり話し合ったりしていたので、そのまま岩田は、眠りに入った。

淑子は緊張の連続で、目が冴えてなかなか寝付かれなかった。二人のうちどちらかが熟睡しているときは、一方がいつでも対応できる程度に覚醒していることも必要な条件の一つであった。二人の枕の下にはそれぞれ護身用のピストルも隠してある。

村井家での二日目、夕食の後、村井に続いて義道が入浴し、淑子がその後に入り、福子がしまい湯に入った。湯から上がると義道も淑子も寝巻きに着替えている。しかし、寝巻のまま朝まで寝てしまうことはなかった。何が起きてもいつでも飛び出せるように、最小限度の衣類を身に着けて布団に入ることを、家を出て以来、義道も淑子も習慣にしている。

二人が生活する家が見つかるまで岩田と淑子は別々の家に潜んでいたから、ひとつ屋根の下で暮らせるようになったのは、この村井家が最初だったのである。


淑子が湯から上がって、二人の着替えた衣類をたたんでいると、義道がそばへきて、突然、四五キロを切る淑子の体を、軽々と抱えて布団まで運んでいき、まるで人形を扱うように静かに淑子を横たえた。

「淑子さん」

と、義道に囁くように言われると、即座に淑子は、

「淑子と呼んでください」

と応えた。

大きくて肉厚な義道の手は、暖かくて優しかった。

淑子は脳のどこか深い部分で感じる、その初めての痛みを、よろこびと感じようとしている自分がいることを知った。目を閉じていた。長い長い時間のようであり、一

瞬でもあるようなそのときを、淑子は人形のようにじっとしていた。

彼の胸の強い鼓動が淑子の胸に伝わってくる。

彼の命を守るために、自分の命をかけよう。淑子があらためて決心したとき、涙がとめどなく流れ落ちた。二人の腕も胸も涙と汗で濡れていく。

たとえ、明日、死が訪れようと、充実した今日だった。淑子の体が細かく震えた。

心が満たされたとき体も満たされる。心が潤ったとき体も潤ってくる。

人間の発する言葉はしょっちゅう心を裏切るけれど、体は心を裏切らない。

淑子は岩田に会ったその瞬間から、彼の誠実さと、純粋さを心の底から信ずることができた。女の勘であった。理由などは後からあらわれるのだ。

もっとも理論的な彼女が、最も重要な生涯の選択を、女の勘にゆだねたのであった。

（この人と死んでもいい）と。

長い夜だった。やがて、愛の儀式は徐々におさまっていく。

義道は深い眠りに落ちていた。規則正しく繰り返される男の安心しきった寝息を、淑子は幸せな想いで聞いている。

下着を整えながら窓に寄って、もう夜明けに近い東京の空を覗いた。星も見えない。

灯を落とした家々はまだ眠りの中だ。淑子は心地よい体を布団に横たえて、掛け布団を胸まで引いた。目を閉じる。

「男はほっといても男になるけど、女は、男に抱かれるたびに女になっていくんだよ」

母がある日、照れもしないで淑子に言った。この母のことばは淑子に清潔な響きをもたらさなかった。

母は、母である以前に女であった。離婚してからも、背後に男の影を感じさせたこともあったが、東京に出てからは、最良の伴侶である今の夫を得てから、母は教育者としての職業意識に目覚めていった。と、そのように、淑子の目には映っている。

学校を出ても化粧もせず、勇ましい議論を吹っかけてきたり、警察のご厄介になったりする娘の将来を母は案じて、はやく結婚させたいと望んでいたにちがいなかった。

それを暗に知らしめたい、あれは母の願いのひとことであったろうか。しかし、淑子はその言葉に強い反発を覚えた。

「私、女にならなくたっていいの。結婚なんかしたくない」

母が、もしいま淑子に逢ったなら、女になっていく娘の姿を驚きの目で眺めるに違いない。いや、いまは、それ以上に、ゆくえ不明の娘の身を案じているのだろう。

淑子はまた涙があふれた。


義道は、時間があれば原稿を書く。オルグに出かける。

淑子も連絡に行く。『赤旗』の発行はこうした悪条件のなかでも、着々と進められた。


週に二、三回は外出する。義道が外出するときは、秘書である淑子はほとんどいっしょだった。淑子は彼が人と会って会話しているとき、街頭でも、全身これ耳にして会話の要点をできる限り詳細にひたすら記憶する。原則としてメモは取らない。

隣の部屋で聴いている時もあるが、すべて記憶することが要求される。淑子の記憶力はいつの間にか抜群といえるほどになっていた。

帰って来ると、二人で会議や集会の内容について話し合い、お互いの記憶を補足し合いながら、それをもとに岩田が論文や記事を書く。淑子がそれを読み直し校正する。

そんな毎日であった。

外出すると、映画のポスターが目に止まる。よく映画の話をしながら歩いた。二人とも洋画のファンだった。美人論争をやった。『アジアの嵐』『モロッコ』などを見るため二人で映画館に入った。

「マレーネ・ディートリヒ。ありゃ、すごい美人だ」

義道が言う。

「私は、ちっとも美人と思わない。どうしようもない、にょろ、にょろしているような……」

「実に美人だ」

「あれが美人なの、どこが?」

「君の美人観はおかしい。君は西村おとよを美人だと言うからな」

「色が浅黒く、目がパッとしていて、はきはきしてるわ」

「へえ、あれが美人か?」

それ以外にも、ふたりの結論の一致は別として、話題はほとんど一致した。これほど話が合って、理解しあえる間柄はめったにないのではないかと淑子が感じるほどであった。

義道の口癖は、「ロシア的革命の情熱とアメリカ的実務精神」であり、それにふさわしい日常生活を彼は送っていく。

部屋は、はじめはがらんとしていたが、しばらくたつと書物や、各産業別労働組合の謄写版機関紙などが、発行日順にうず高く積まれていった。

きちんとした日課が組まれている。家にいる時の主な仕事は、機関紙誌『赤旗』の活版化大衆化を実現することであった。論説その他、次から次へと執筆に負われた。岩田は大きな体を低すぎるテーブルの前にすえて、全身これ仕事というように精力的に書き物をしている。

まるで残された時間が短いのを意識して、全生命を瞬間瞬間に燃焼しつくすかのようである。

外出のときは、階下の村井が在宅なら、必ず例のかたい握手を交わす。そして、「あすもあさっても、十年も二十年も」が繰り返された。

朝食の後と就寝前、義道は、時間をかけて丹念に歯を磨く。朝は、その間に、淑子が、洋服に合わせて、ネクタイと靴下を選んでおく。

淑子が、幼い頃から絵を描くのが得意で画家になりたかったと話してからは、「労働の種類にも適材適所というものがあるのだ」とかなんとか冗談を言いながら、義道は衣服の選択のすべてを淑子に任せてしまったのである。

義道は、淑子の準備した洋服を着、畳に腰を下ろして両足を子どものように投げ出しておいて、淑子の選んだネクタイを締める。その間に淑子は彼の足に靴下を履かせるのである。

二人は、社会の未来に高邁な理想を抱いて生きながら、二人の明日には命の保障もないのだった。今日、捕らえられるかも知れない。

「今度捕まったら殺される」

と義道が言えば、

「私も、殺されてもいいの」

と淑子がこたえた。

身支度が整うと二人は立ち上がって、必ず抱擁し接吻をする。これが最後になるかもしれない、そんな想いが必ず二人の脳裏に立ち顕われるのだった。

淑子が彼の靴を玄関の靴脱ぎに並べる。

「いっていらっしゃい、気をつけてね」

「あっ、武装しなくちゃあ」

彼はポケットから鏡を出して自分の顔を見る。目付きが険しくなっていては、特高に見破られるから、鏡で顔を確かめてから外出するのである。これが彼のいう武装なのであった。

淑子は自分の記憶力について、人にひけをとらないと思っているが、義道はさらにうわ手だった。また、街頭では、幾通かのレポを手渡される。薄紙の小紙片にびっしり細字で書き込まれたもので、一口で呑み込めるくらいの大きさに巻いたものである。それらは毎日、街頭連絡者を通じて義道の手許に届けられる。内容は、職場のなかでの情勢であり、指導の要請であり、緊急に判断し決断しなければならないものであった。機を失せずに適切に処理することは、論文を書く以上に芯の疲れる大切な仕事である。

義道は、機関紙誌の論説、中央委員会にかける討論の草案、パンフレット類の原稿等々を、次から次へと精力的に書いていった。これは細かい字でびっしりと書かれ、繰り返し、訂正、補筆されたもので、浄写が必要であり、また複写を必要とするものが多かった。

淑子は、薄い便箋紙の間にカーボン紙を入れて、渡された原稿を判読しながら、4Hの固い鉛筆で数通を複写する。

勤めから帰った村井も二階に来て、いっしょに仕事を手伝ってくれる。頃合をはかって、福子がおいしい茶と菓子を運んでくる。時々は徹夜しなければ間に合わないほどの分量が執筆された。村井が義道の要求した資料を整えてくれることも度々だった。外出がままならない二人に代わって、村井だけが外出が容易であったからである。

ある日、村井が新聞記事で読んだという情報を二階の二人に知らせに来た。それは、「保釈中の野坂参三がソビエトに潜入した。同じく岩田義道は逃亡して行方不明。最近ある工場の争議に岩田の手が動いた形跡がある」というような内容であった。

しかし行わねばならない仕事は山ほどある。捜査の手を恐れていては何もできない。淑子は、『赤旗』編集の仕事のなかでも、九月一八日の満州事変勃発当時の記事を深く心にとどめた。

それは、世界が戦争と革命の時期に入ったことをいち早く指摘し、帝国主義戦争反対、中国から手をひけ、ソ同盟（ソビエト連邦）を守れと呼びかけたものであった。

党の拡大、大衆化は当然中央機関紙の活版新聞化を要請していた。この計画が進むにつれ、義道は編集印刷技術の参考書を座右に置いて、物差しで紙の寸法をはかって段組の研究をしたり、活字の大きさの効果についてしきりに工夫をこらしたりしている。迷うと淑子に意見を求める。彼女は紙面の配分や見出しの位置などについて、美術家志望者の一考察といって、思うまま考えを述べる。彼はいつも、

「うん、うん」

とうなずきながら聞いている。その意見を取り入れないときでも、決して頭から意見を否定することはなかった。

印刷は東京のいくつかの印刷所を移動して、一ヶ所に留まることは避けていた。足がつくことを警戒していたのである。いずれも信頼のおける同志の印刷所である
一九三二（昭和七）年四月八日付けでタブロイド版六ページの『赤旗』が発行された。やがて発行部数は七千に上った。

「市電の奥でも『赤旗』が広げられているそうだ」

と、岩田は夕食のとき、この上ない笑顔で報告するのを、みんなも喜んで聞いた。

定刻の食事が貴重なくつろぎの時間だった。その時間になると、義道と淑子は、ちゃんと二階から降りて来て四人で食卓を囲む。六尺ゆたかな大男の彼が、きちんと正座して、眼をぐりぐりさせて食卓をにらむ。好きなおかずがあると、

「や、これはうまいぞ」

とかぶりつく。たいていのおかずは彼の好きな物であった。

苺は好きな物の一つだった。一箱二〇銭で、二箱買ってくると、四人で食べきれないほどある。

「やあ、イチゴ（一期）一会の思い出にうんと食うか」

と言い、誰よりも、美味しそうに食べる。大きな口の中いっぱいにほおばり、もぐもぐと頬をふくらませてゆっくりと噛んでいく。

松茸飯とあんかけ汁も好物だった。

「これあるか松茸飯に豆腐汁」

と、芝居のせりふのように唱えて、お釜が空になるまで食べた。

将棋を差すこともある。これが唯一の娯楽でもあった。村井が、

「ぼくもへぼ将棋の最たるものと自覚していたが、へぼであることにおいては、君の

ほうがさらにうわ手だね」

と、あきれるほど義道の将棋はひどいものだった。しばらくは女達もおもしろがって碁盤をのぞきこんでいるが、番数が重なってくると、顔をしかめだす。義道の粘っこさは常軌を逸している。黄色い紙の盤の上に駒を並べて、

「そら、ヒョッコン」

と、歩をつきだす。頑是無い子どものような姿である。終《しまい》にまず、淑子が、

「それくらいで、もうおしまいに」

「レーニンもチェスが好きだったんだ」

と、岩田が抗弁する。

しばらくすると、今度は、福子が遠慮がちに苦情をいう。すると、村井が言い返す。

「女性方にはわからないだろうが、これは、遊びに見えて、実は戦略戦術の研究をしているんだからね」

苦しい弁明をしながら、でも、しぶしぶ片付けにかかるのである。

食事の時にラジオを聞くこともある。聞く必要のある番組のある時には二階から降りて聴きに来る。

義道は片方の耳が悪いせいで、いいほうの耳をラジオの方に傾けて、一心不乱、全身これ耳という具合に聞いている。淑子が話しかけても受け付けない。落語を聴いているときは、おかしいところにくると、子どものように声を出して笑う。

一一月七日夜の音楽の時間に「ヴォルガの舟歌」が流れてきた。

「革命記念日にこのレコードをかけるとは、放送局にも心ある人がいるな」

義道は顔をほころばせてみんなを呼ぶ。四人の大人がラジオを囲んで喜びあう。彼は特に音楽好きであった。

歌うことも上手であった。淑子は音痴に近いが、義道は音程正しく、よく響く立派な声をもっている。みんなが褒《ほ》めると、

「教師時代に、小学校のオルガンで鍛えたからね」

と自慢して、幾つかの唱歌を披露する。

岩田は淑子の前では、子どものように天真爛漫にふるまう。第一印象から淑子が義道に感じていた親しみは、彼とともに暮らすごとに、いっそう好ましいものとして映ってくる。

このまま、何事もなく二人の日常が続くのではないか。義道も淑子も時々そう楽観

的に思ってみることもある。片時も脳裏を離れることのない、近い将来訪れるであろう彼との別れ、究極には死を意味するその別れを毎日意識しない日はない。

張り詰めた義道との日々が、それゆえに昼も夜も濃密なものとなっていく。もう何を聞いても、何を語っても二人の関係はゆるがない。

人間が人間に抱く信頼とはこれほど深く尊いものであったのかと、いまさらながら気づいて、淑子は幸せであった。

いつ逮捕されるかも知れない、今度つかまれば生きて帰れないと彼が口にしているのには、理由がある。彼が、偽装転向書を書いて、まんまと、警察をだましたからであった。警察の怒りは並大抵のものではないと、彼らの耳にも聞こえてくる。逮捕、即、死を考えなければならなかった。

淑子は岩田のことを「義さん」と呼んでいる。義道も淑子のことを、呼び捨てにはしないで「淑子さん」と呼んだ。

義道は健康に細心の注意を払っている。朝晩の冷水摩擦を怠らない。戸外で運動をする自由を持たない彼のために、疲れた時には、淑子が電気マッサージをかけてやる。

野一式電気治療というポータブルの機器を、他所へ泊まるときもさげて行く。

「闘うためには、健康であることが必要だ。健康な身体であればテロルにも耐えられる」

これも、彼の口癖の一つだった。

愛の儀式は必ず毎夜行われた。これが最後になるかもしれない、口にこそ出さないが、残り少ない性を惜しみ愛しむような時間であった。

天井板についている雨漏りの染みが、どこかの海岸線のように見える。

どこかで、こおろぎが鳴いている。

知らない港から、人知れず二人で船に乗って、誰も知る人のない外国へ行ってしまいたい、ふとそんな願望に淑子はかられた。

義道に聞こう、聞こうと思っていたことを思い切ってその夜、淑子は口にした。

「キクヨさんはどんな女性だったの？」

淑子が、どんなに、義道の愛を得ていようと、キクヨのことが何かの折にふと気になる。

「きれいな人だったのでしょう」

淑子は重ねて聞く。

淑子は直接キクヨに会ってはいない。しかし噂では聞いている。宮本楼という遊郭の娘であれば、並みの娘とはまた違った雰囲気をもっているに違いない。

細腰の長身、うなじのきれいな、色白面長の女を眼に浮かべる。

「キクヨの兄がね、松山のみつ浜で宮本楼という遊郭を営んでいたんだ。キクヨは実科女学校も出してもらって、習い事もやっていて、それなりの育ち方はしていた」

残酷なことを聞き出そうとしている、と淑子は思う。だが聞かずにはおれない。

「キクヨさんを好きになったのは義さんの方だったの、それともキクヨさんの方だったの？」

義道は困ったような顔をして、天井を見ている。横から眺める義道の顔は、鼻が高くてなかなかの男ぶりだ。

「僕は、松山高校の一年の頃から尺八が好きでね、師匠について習っていたんだ。その師匠は尺八だけでなくて、三味線も琴もできるので、そこにキクヨは琴を習いに来ていた。それで知り合ったんだ」

しばらく沈黙がある。

「僕らの結婚に、最初は兄貴が反対していたんだけど、ついには妹の意を入れて承諾してくれた。それからは協力を惜しまなかったよ。ぼくが逮捕された時も、体を悪くして釈放された時も、よくしてくれた。感謝している。この前、松山に行った時は涙ぐんで、桟橋まで見送りに来てくれた」

「キクヨは君のように学歴も高くないし、資格も職業ももっていないので、今も生活のことが一番気に掛かる」

と義道がいう。

「キクヨには本屋をやって生計をたてられるように、仲間達が手はずを整えたので、何とかなるだろうと思うけど」

その後、義道は、突然こんなことを言った。

「キクヨなんて、いい名前でないから、僕といっしょにいるときはミチコって呼んでいたんだ」

仄暗い光に、義道の苦渋の表情が表れる。今まで見たことのない義道だと淑子は見つめる。

「もともとの名前が、キクヨだから、誰の言うことでも聞くよ」

その語尾には、諦めるような、投げ捨てるような響きがある。

「僕が獄中にいる二年ばかりの間、キクヨは事実上、ある男といっしょにいた」

湿った声だった。淑子はすでに、その話を噂で聞いて知っていた。彼にそれを語らせるのは残酷な気がした。しかし、彼の口から真実の気持ちを聞きたいという衝動の方が勝っていた。淑子は黙って彼に語らせようとしている。

「僕が釈放されて家に戻って来たとき、彼女は、僕の子ではない腹の子を中絶したところだった。回りに何人か仲間が取り巻いていて、キクヨは布団に仰向けに寝ていた」

淑子の肩が微かに震える。その続きを聞くことは苦痛ではあっても、淑子は聞かずにはいられない。妻だった女の不義を語る義道はもっと苦痛であるにちがいないのに、残酷にも淑子はそれを語らせようとしている。

私はなんというひどい女であることか、淑子はこの程度には反省心をもちあわせてはいる。だが女の嫉妬心と意地の悪さは、淑子も並の女以上に持ち合わせているにちがいなかった。

「僕が現れると、僕が驚くより先に回りに付き添っていた人たちがびっくりしてね、どうなることかと固唾を呑んで成り行きを心配した」

「それで、義さんはキクヨさんを怒ったりしなかったんですってね」

義道は、やはり響きのない湿った声で冷静に続けた。

「うん。すまん。僕が悪かった、と言っただけだ」

「でも」

淑子は、それが彼の本心だろうかと疑う。

「一人にしておいたのは僕なんだから、僕の責任だ」

「でも」

淑子はまたしても言わずにはいられなかった。

「義さんを愛しているのなら、キクヨさんもきれいな体で待つ責任があるんじゃないの」

そう言いながら、淑子は、言葉とは裏腹な彼の本心を知ったと思った。義道とキクヨがいっしょにいるとき、キクヨと呼ぶことを避けてミチコと呼んだというひとことが、彼の心のすべてを語っているではないか。

淑子は今、自分がキクヨより優位に立っていることを意識した。小気味よいほど淑子は恋の勝者となった自分に満足している。しかしその後すぐ、そう感じる自分に嫌悪感を覚えるのだった。

「今度、僕がこうして地下にもぐったから、彼女はすぐまた別の男といっしょに暮してるよ」

たった今の今まで、希望にあふれている義道を見ていた淑子が、挫折と失望感を抱いている彼を感じたのは、これが初めてで、最後であった。

（ほんとうに好きなら別れない。別れてゆくなら本物ではなかった。）

淑子の脳裏に浮かんだこの言葉を、淑子は口にしないで呑み込んだ。

（私はいま、命を賭してこの人を守る。）

淑子はまたこの言葉も胸深くにとどめて口には出さない。

言葉にしなくても、今、淑子の体は柔らかく潤いに溢れ、潮の満ちるように満たされ、体は脱力し、快く浮遊している。

この人の子どもが欲しい、淑子はそのとき、切実にそう思った。

義道とキクヨの間には、まさごという娘と、つとむという男の子がある。淑子はまた新しく激しくキクヨを嫉妬した。

決して子どもをつくるなと、党の幹部らしき人に申し渡されて、淑子は地下生活に入っている。その時は当然のことと納得していた。しかし、いま、それを理不尽だと思う。

党の幹部らも、露ほども、この女の悲しみ知ろうとはしないであろう。革新のただ中にあっても、女は虐げられている。淑子は、心の底にじわじわと滲んでくる憤りのようなものを感じた。

（私は組織のために、大衆のために、いや、何より、自分の抱いている理想に生きようとしている。義道のために生きようとしている。義道に悦びをあたえ、私も女として悦びに満たされている。それなのに、愛する人の子を産むことができない。自分自身のために生きているといえるのだろうか、これが私の人生と言えるのだろうか。）

淑子は、自問していた。

実は、淑子は義道の子を身ごもっていたのだった。しかし、出産は諦めていた。党の任務を優先する、そのことを義道にはいわず、病院で始末をしてきた。病院で、二時間ほどベッドで休んでいる間に、淑子は泣けるだけ泣いた。涙は出尽くした。帰宅して、義道に打ち明けたとき、彼も泣きながら、「すまん」と詫びた。

思想を通すということは、実に過酷なことなのだった。時として人間性を抹殺することでもある。それは何かに似ていると淑子は思う。

義道と淑子は急き立てられるように毎夜、お互いの来し方を話した。ある時は義道の話し好きが嵩じ、淑子は聞き役に回り、ある時は淑子が止らずに語りだして、義道が聞き役にまわる。淑子はすぐにコツを飲み込み、喜んで聞き上手になっていく。

仕事が思ったより早く片付いて、布団に並んで体を横たえ、愛の儀式が終ると、どちらからともなく話が進んでいく。

義道は、これまでにも、道を歩いているときでも、それが小さな流れの小川であっても、必ず立ち止まって流れに目を止める。彼の体の中には、滔滔と流れる川のイメージが内包されているという。

「おれは船頭の子だ」

と彼は、悪びれず、むしろ誇らしげに祖父代治郎と父、竹次郎のことを語る。祖父代治郎のことは特に尊敬の念が深かった。

「俺の思想には、おじいさんの思想が影響している」

と義道は、これまでにも、何度も淑子に語った。

特に、義道の記憶に強い衝撃を与えたのは、隣の光明寺村で起きた女工三一人の焼死事件であった。一八九八（明治三一）年生まれの義道にとって、その事件はまだ生々しいものでもあったのだ。

「明治三三年一月二五日。今になっても、おじいさんの口から出たこの日付を覚えているよ。旧正月の帰郷を前に、小島織物工場で火災が起こった。四九人の女工が寄舎になっていた機織場の二階二間で、深い眠りに落ちていた。午前三時過ぎ、階下から出火したんだ」

「どうして？　逃げ出せばよかったのに」

淑子が訝《いぶか》しげに受ける。

「はね起きたときはすでに階下は一面火の海さ。窓に飛びつくとそこには太い鉄の柵がはめてあった。火が鎮まったあとに散乱していた遺体は、みな頭も胴も、離れ離れ、散り散りになって、焼けただれてしまい、男か女かさえもわからぬほどだったというよ」

淑子は途中から起き上がって聞いている。

「どうして、どうして鉄格子なんか」

「過酷な労働から逃げ出さないようにさ。賃金は、一日平均一五銭だってさ、それも盆暮れに支払うという工場側の言い分だ。年齢は、最年長二五歳、一三歳の少女も数人ほどいた。三一人が犠牲になったんだ」

「おじいさんは話すたびに、義道、おまえは弱いもんの味方になるんだぞ、と頭を撫でるんだ」

淑子も、義道も少女の死を悼むようにしばらく沈黙する。

だが、またぱっと顔をあげて笑いを浮かべて言う。

「でも、僕はおかしなことばかりやる子どもだったらしいよ」

「やんちゃ坊主だった」

「隣の家に遊びに行ってね、おひつの中におしっこをしたんだってさ。僕は覚えてないけど」

「お尻、叩かれたんでしょうね」

「それがね、義さんのやったことなら許してやるわね、と言われて叱られなかったんだって」

「ふうん、人徳かなあ」

淑子はそんなこともあろうかと思った。あの鬼の特高警察に偽装転向書を信じ込ませるくらい、世にもまれな善人顔をしているのだから、とおかしかった。

淑子は姉妹二人だけで、しかも生活環境のがらっと違う家庭で育っていたので義道の話は興味深いのだった。

彼女も負けじと、今度は、自分の生い立ちを語り始める。

淑子は一九〇三（明治三六）年、山口県の吉引郡の矢ノ原という村で生まれた。母の安富ひさも、父の幸四郎も共に山口師範学校の卒業生であったが、安富家の一人娘だったひさのもとへ、幸四郎が養子に入ったのである。二人の女の子ができた。従順な姉ときかん気の淑子である。

理由はわからないが、両親が離婚して父が去った後、母は教師をして祖母と二人の娘の生活を支えていた。

その後、母は上京して何人かの男友達と付き合い、後に今の父と再婚した。

淑子が東京の母のもとへ上京してきて、入学したお茶の水女子高等師範学校は、昭憲皇太后が校歌を作ったような学校である。忠君愛国のための婦女を教育することを教育方針にかかげ、国策に順応する婦女の道を教えられていた。しかし、淑子はその学校の方針に我慢がならなかった。淑子のなかには、生まれもって、反骨の血が流れているのだろう。

そう淑子が気づいたとき、彼女はお茶の水事件の真っただ中にいた。当時の茨木学校長が、生徒監を岡本、小川両女史から男の生徒監に換えたことが事件の発端であった。怒った人の先頭に立ったのが河崎なつだった。野坂りょうも応援に来てくれた。淑子はこれを契機に「関東婦人同盟」に参加して、だんだん左翼的になっていった。革新の元は、お茶の水事件なのであった。

世の中は、お上の言う通り、下の者は身分をわきまえて、常識通り、当たりさわりなく動いていくのが人の道と説かれると、淑子は時々おかしいと感じてしまう。そう感じると、すぐ口に出して言い、果敢に行動に移してしまう。だから、始終、彼女の回りでは波風が立ち、物議をかもしてしまうのであった。

「私の生まれた家はね、詩人の中原中也の家から一キロもないところよ。中也のお母さんが、山口県立高女の第一回卒業生で、私が二十一回卒業生なのよ」

これは淑子の自慢なのである。

まるで、今この機会を逸すると永遠に語ることができないとでも思っているように、二人は交互に語り続ける。生まれも育ちも両極端の二人が、三十年余、別々に生きていて、いま、ここで巡り合った。二人は心と肉体のすべてを、知りたいとのぞんだのだ。

お互いを語れば語るほど燃えた。知れば知るほど愛しさは深くなった。

淑子はもう何も望まない。このまま命が絶えることもいとわないと思えるのである。こうなる運命が、神により準備されていた。こうしか二人は生きられないのだ、というように生きようとしている。

「いまの父は私の実の父ではないのよ。加藤礼一という母の再婚した相手なの。でも実にいい人。母は家を継がねばならない娘、加藤も長男だったから、別姓を名乗っている夫婦なのよ。私が生まれてすぐ両親が離婚したから、実の父のことは、私は何も知らないの」

淑子の話の途中から、急に義道が、今言っておかなければならないというように、淑子の話の腰を折る。

「僕の最初の逮捕は、昭和と改元されて年が明けた間もない一月だった。全国的に大量の学生が検挙されてね、三八名が起訴された。君も知ってる『学連事件』だね。あの思想弾圧法規、治安維持法が最初に適用された逮捕だったんだ。僕はその中の最年長者でさ、すでに子どもが一人いた」

「その子がみさごさんね、あなたは学生さんから〝おやじ〟と呼ばれていたんでしょ」

「ぼくの方は、河上先生をおやじと呼んでいたけどね。君も読んだと思うけど、芦屋好夫が少し後に力強い論説を発表していたね」

その論文はたしかに淑子も読んで記憶に残っていた。

「君だから、こんな話もわかってくれる。キクヨには話せなかったよ。河上肇博士は非常に良心的な学者だね、僕が敬愛の念をもって恩師と呼べるのは彼が第一だね」

義道はまた遠くを見る眼をする。その一瞬が淑子には彼が死を覚悟している時と映る。

義道はふと我にかえったように、口癖を繰り返す。

「原典について勉強しなければいけない」

と。また、こうも言った。

「牢獄は革命家の学校」

「過酷な学校なのね」

拷問をうけた現実を、この人はいかなる精神によって耐え抜くことができたのか。何が彼を前に向わしめるのか。淑子は寝食を共にしながらもそれは彼女の理解にあまった。

彼といっしょにいると楽しい。やることすべてが苦しみなのに楽しい。淑子は自分がこんなに明るい人間であったかと訝しく思うのである。

義道が、郷里の木曽川の村で教師をやっていた時代のことを語ってくれるとき彼が一番生き生きしている。淑子はその時代の義道が一番好ましいと思う。

「いつか、教師が僕の思想の原点だと言ってたでしょう。そのこと聞きたい。私も教師だったけど、生徒のためには義さんほどいい教師ではなかったと思う」

「いい教師であったかどうかは、どっちの立場から見るか、そして自分がどっちの側に足を置いているかで、語らなければならないだろうな」

「僕は、今度、もぐることになってキクヨと別れたけれど、はっきりと彼女に言い残して来たんだ」

義道は淑子から視線を外して、遠くを見る眼になる。

「僕の生きがいは、僕が選択したこの価値と理想に全存在を賭けること。それへの私心なき不屈の献身にこそある。元より吾々の進むべき道は『闘いか！然らずんば死！』とね」

「闘いか！然らずんば死！」。彼の口から出たこの言葉は、なぜか、決して悲惨ではなくて、光のように暖かく淑子を潤してくれる。

「僕は常にこんな挨拶を同志に送っているよ。『私は光をみつめています。大胆に、そして細心に』と」

淑子はその言葉を聞いている。義道の規則正しい力強い心臓の鼓動が伝わってくる。

死

一九三二（昭和七）年一〇月三〇日の朝、義道はいつもと変わりなく、朝食をとり、丹念に歯を磨き、淑子の選んだ紺の上等の背広を着、臙脂色のネクタイを結び、紺の靴下を履いた。

いつもの抱擁と接吻が、離れがたく長く行われた。淑子は、おやっと思った。何かがいつもと違う。しかし、瞬間、彼女は即座にその不吉な想いを強く打ち消していた。

階下では、村井といつものかたい握手をかわしている。

「あすもあさっても、十年も二十年も」

変わりない挨拶の声を響かせ、彼は、元気に靴を履いた。

「午後一時に日本橋の例のところで会おう」

そう言って岩田はアジトを後にする。

「いっていらっしゃい」

淑子は、武装し終わった義道に、にこやかに手を振った。これが、生きている岩田義道を見た最後となる。


この日、淑子は神田にある東京女子医大の学生のアパートにいた。学生が学校へ行った後の部屋を使わせてもらっている。アパートは普通の家の二階で、出入りにはこの部屋専用の階段がついていたから、人に見られる心配がなかった。六畳の畳の部屋だ。ここに、国鉄出身の中央委員、山下と、淑子、義道の三人が正午に落ち合う約束をしていた。淑子も山下も来たが、義道が来ない。二〇分以上待って来なければ危険なので、その場所をはずすことになっている。

三〇分待っても義道が来ないので、二人は外に出た。

二人で歩きながら、

「おかしいぞ」

「これはただごとではない」

こういうときはどうするか話し合ってある。村井の家は淑子と義道しか知らないから大丈夫と思ったけれど、重要書類を片付けるために淑子はすぐ村井の家に帰った。

夕刻、捕まったらしいという情報が仲間から入った。村井家では家に残っていた女二人が、ただちに非常態勢に入った。

三人で夕食を食べた。

義道は真夜中になっても帰ってこない。

村井夫妻と、

「じっとしていましょう。ここにいれば絶対安全だから」

と話した。

これから以後、何が起こってもお金がいるからと思って、淑子は伊勢丹の封筒に五千円と幾らかを入れて、シャツの一番下につけた。護身用の六連発婦人用ピストルをどこへ行くにも持っていた。中央委員は必ず持っている。

不気味な静寂のなか、淑子は金とピストルの両方を身につけ、着の身着のままでまんじりともせず夜を明かした。

号外も禁止されているのだろう。何の情報も得られない。

早朝、仲間から、確かな知らせが届いた。

一〇月三〇日午後三時ごろ、神田区今川小路街頭で、検挙に向かった特高警察の一隊と大格闘の末捕らえられた。

ピストル防弾着で武装した数百名に襲撃されたのだ。義道が捕らえられたのは、松村昇との街頭連絡の地点においてであった。義道が村井の家にいるのを知っているのは、松村、風間丈吉、上田茂樹のほかにない。これがばれたのは、松村から特高に伝えられた結果であることに間違いないであろうと言う。

三一日、二時頃、村井の家に誰かが来た。玄関の東側の入り口に誰か人が立っている。淑子は南側の裏口から出ようとしてドアを開けた。そこにも男が立っていた。

「あら、あんた、なあに」

後ろへドカンと押しのけた。

「いたぞ!」

と叫ぶ声で、表にいた者が大勢どやどやと入ってきた。

上から二、三人が乗っかってそのまま取り押さえられ、縛られて乗用車に押し込まれた。

村井夫妻も、特高刑事六名に襲われて逮捕された。

私服の刑事に青山の警察に連れていかれた。青山ではぐるぐる巻きは解かれ、着ていたコートから、持っていた物はすべて取られ留置所に入れられた。

「寒いからコートを着せてください」

と頼んで、茶色と白の混じったツイードのコートをワンピースの上に羽織っていた。

食事は麦飯、水のような味噌汁に沢庵二、三切れ、昼も同じ。夜にあぶらげの煮物。トイレも順番に行く。

女の部屋は三畳間の畳敷きで、一人で入れられた。廊下はコンクリートだ。

青山に二晩いて、杉並署の留置所に入れられた。ここに、市電の車掌だった人も入っていた。その人が、

「中央委員会の人が殺されたよ、がっちりした人らしいわ」

と教えてくれた。

淑子の体ががたがたと震えだす。遂に来るべきものが来たのか。

淑子は警部を呼んで抗議し、即時釈放と、葬式その他への参加を要求した。警部はへらへら笑って、

「夢でもみたのだろう、岩田はピンピンしてらあ」

と言って取り合おうともしない。

何日か杉並署にいたある日、金ぴかを肩や胸にいっぱい付けた杉並署長がやってきた。

「あら、あなた、どうしたの?」

「お送りしますよ」

署長と淑子は後部座席に並んで座った。

助手席にいる鈴木主任刑事が、

「今日は天気がいいから、ドライブをごいっしょしようと思いまして」

こうして淑子は調布へ連れていかれた。

しばらくすると、義道の母親と姉の志きが淑子に面会に来た。

「義が死んだよ。ひどい殺され方をしてね」

淑子は怒りで涙も出ない。

淑子は十日間の黙秘を続けた。警察署の道場で意識不明になるような激しい拷問を連日受けた。

刑務所に送られてから脊椎カリエスになって、一〇日間の執行停止になり、赤坂の外科病院でギブスベッドへはめ込まれて、また刑務所へ戻された。

記事が解禁された翌年一月一八日の「朝日新聞」号外によれば、「岩田義道は、あまりの興奮の結果、持病の肺結核、心臓衰弱が悪化したらしく同夜留置所内で苦悶し始めたので直ちに応急手当を加へ十一月一日警察病院に入院させ輸血まで試みたが遂に病勢昂進して三日午前零時三十五分病院内にて死亡」とある。勿論この記事は警視庁の発表によるものである。号外はさらに続く。

「死体は即日家族にひきわたされ、東大病理学教室で解剖された。左翼弁護士団は岩田の実父竹次郎の名で毛利特高課長、藤井、鈴木両警部を拷問、陵辱致死のかどで東京地方検事局に告訴し、一方党では四日、本所公会堂で岩田の労葬を計画するなど穏かならぬ空気を生むに至ったので、当局は当日の来会者を諭旨退去させたが、これに従わぬ者百九十名を検挙したがその内非合法文書所持者は拘留処分に、保釈出獄の共産党被告……四名は保釈を取り消した」とある。

一九三二（昭和七）年一一月三日午前零時三五分、岩田義道は三四歳の生涯を閉じた。

京都大学で岩田の恩師であった河上肇は、彼の著書『自叙伝』の中に、岩田義道の最期を、次のように記している。


家内が駆け着けた時、岩田君の遺骸は、既に解剖を了へて白布に纏はれていた。

「まあ之を見てやって下さい」

とて、細君（岩田キクヨ）が白布を捲くると、大腿部は恐ろしく膨れ上がって暗紫色を呈してをり、目も当てられぬ様になっていた。特殊の拷問道具によって圧殺したものと思われる。

これが昨日の解剖の結果ですとて、安田博士の見せてくれた覚え書きには、次のやうに誌されてあった。

一九三二年十一月四日　東京帝国大学　病理学教室に於いて。解剖番号一九五。

岩田義道氏、三十五（原文ママ）歳。

体重六四キロ。
身長一六〇センチ。
脳髄一四四五グラム。
心臓三七五グラム。
右心室は拡大されていて心筋薄く、恐らく之が死亡　の原因ならん。
胸腔内に大量の出血あり。
下肢。大腿部の前面後面に著明な皮下出血あり。
これが死の誘因ならん。

一切が記事禁止になっているので、何事も新聞には出なかった。ただ中央常任執行委員の岩田義道が東京で逮捕されたが、翌日は警視庁でひどい拷問を受けて死に瀕し、その翌日の一一月二日の夜半に至って遂に絶命してしまったということだけは、多少の伏字はあっても、『読売』の特種《とくだね》によって知ることができた。と、河上は書いている。

一九三二（昭和七）年一一月三日、岩田義道の死の通報は、木曽川のほとりでわびしく暮らしていた家族のもとにとどいた。

実姉、野々垣志きが上京して彼の死体を引き取った。

安田徳太郎医学博士がたちあって解剖に付されたのであったが、渡されたメモにはさらに、死の誘因とされる大腿部の著しい皮下出血については、棍棒のようなものでなぐり、鎖か縄で縛ったうえ丸太でしめたような痕跡だという、医学的所見がのべられてあった。

三ヶ月後に同じ運命をたどる小林多喜二は、岩田の死を歯ぎしりしてくやしがったと伝えられた。

葬儀場は五五〇人の警官にかこまれ、葬儀委員も会葬の労働者もすべて検挙された。大阪、名古屋での慰霊祭も同じ有様であった。

淑子はその間ずっと獄中にあり、なにも知らされてはいなかったのだ。岩田の葬儀に出ることもできず、一九三五（昭和一〇）年一月、病気で保釈になるまで、刑務所暮らしを余儀なくされた。

淑子は、両親に付き添われて入院先の病院から自宅へ戻された。母親のこしらえてくれた味噌汁の中に、淑子の涙がとめどなく落ちていく。

河崎なつがたずねてきた。二人は言葉もなく抱擁しあった。

「これが、岩田義道がかぶっていた帽子。覚えているでしょう」

どのような経緯でこの帽子がなつの手元に届いたのか、たしかに、これは義道が使っていた帽子のひとつであった。さらに、なつは白布のなかから、思いがけないものを取り出して、淑子の前のテーブルにそっと置いた。

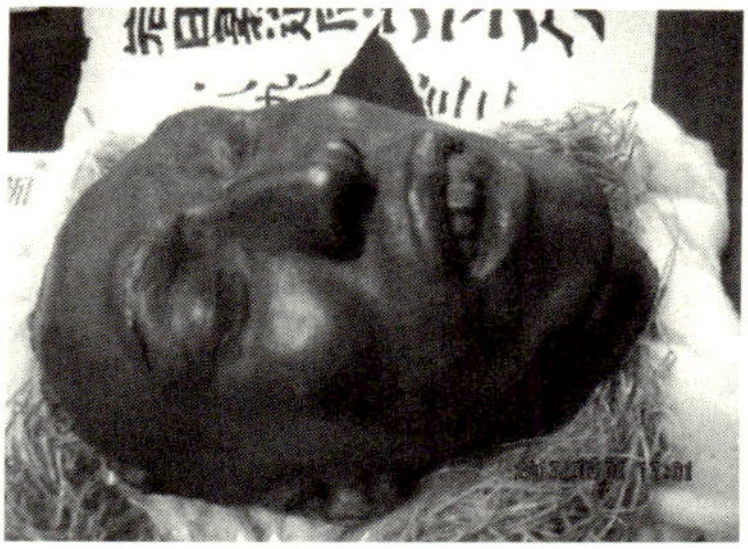

岩田義道のデスマスク

義道のデスマスクである。

分厚い唇がわずかにゆるみ、前歯が覗いている。そげた頬、立派な鼻、大きな耳、見開かれているような眼が、やや伏目がちにこちらを見ている。

「民芸の俳優（千田是也といわれている）の一人がね、義道の死を聞くや、知り合いの薬局をたたき起こして、石膏を分けてもらってきたのですって。そして、監視の目を盗んで取ったそうよ。まだ生乾きのこれを、懐に隠して持って帰ったんですって」

郷里、愛知県では、岩田義道の死後、十六年間、墓を建てることさえも許されなかった。敗戦によって、ようやく、墓碑建設に取り掛かることができたのであった。

幸いにして、愛知・岐阜の党の仲間の後援を得て準備が進められた。墓碑建設の噂が岩田の郷里の北方村に流れ始めた。

その頃、安冨淑子は岩田義道亡き後、伴侶を得て結婚していた。

最初の妻、宮本キクヨは異性関係や思想の変転はあったものの、岐阜市小柳で喫茶「君菊」を経営していた。ここには岩田義道の実母・岩田志ほが転居してきて、キクヨといっしょにくらしていたのである。

キクヨは喫茶店をきりもりしながら、義母の最後をみとっている。

そこへ、突然一人の職人風の男が訪ねて来た。

キクヨが男に会って話を聞いた。

「岩田さんは私の恩人です。明治四二年の夏、木曽川で泳いでいて溺れかかった私を、岩田さんは川に飛び込んで助けてくれたのです。あの時、あの場所に岩田さんがおられなかったら、私は死んでいたでしょう。あれ以来私は岩田さんのご恩を忘れたことはありません。どうか、そのお墓はこの私に彫らせてください。それが今の私にできる唯一のご恩返しです」

と男は切々と訴えたのであった。

台座に彫られた文字は、岩田義道に命を助けられたという、馬場安一の心のこもった鑿《のみ》の跡なのであった。

馬場安一は一九五八（昭和三三）年に五八歳で亡くなったがその娘さんが近くに住んでいた。彼女は父のつぶやいていた言葉を覚えていた。

「なんで警察はあんな立派な人を殺すんやろな。北方のもんは、何にも知らんと、アカはこわい、アカは悪いと言ってつま弾きするやが、おらア、下駄の鼻緒を切らかしてこまっておったときも、岩田さんにすげてもろた。あの人は人の不幸を見て知らん顔しておれんたちの人やったんや」

これが父の口癖でしたと、馬場氏の娘さんが語った。

農民運動の先駆
岩田義道

追記

淑子は、前にもふれたように、生まれ育った家庭が、両親をはじめ祖父母も、当時としては教養の高い一家で、幼いころから文化的環境に恵まれていた。

四歳から、祖母サクの手ほどきを受けて和歌を詠んだと淑子自身が書いている。『少女の友』を買ってもらい早くから読んでいたから、田舎の小学校の子の知らないようなことも知っていた。

郷里の詩人中原中也の母親と同じ女学校を卒業したことをさえ誇らしげに語っている淑子であるから、おそらく中也の詩にもはやくから聞いたり読んだりして親しんでいたのであろう。

岩田義道の逮捕後、淑子も捕えられ、岩田の死後も獄中生活が続いた時期、自然に歌に自分の気持ちを託して心情を吐露したい欲求にかられたのではないか。

獄中で、多くの短歌が浮かんできて口に出したが、書き留めることもできなかった歌が数えきれないほどあったと淑子は後日述べている。

そして、晴れて自由の身になってから積極的に歌を詠み始めている。その多くが岩田義道を詠んだものである。さらにその短歌が、淑子のその後の活動を鼓舞する力ともなっている。

一九八四（昭和五九）年、新日本歌人協会に入会した。その出詠歌、治安維持法犠牲者国家賠償要求同盟の機関紙『不屈』掲載歌など、およそ一一〇〇首のなかから、何首かをみていきたい。

のどぼとけ一つ納めし骨つぼを葬る知らせは獄舎に受けたり

生と死は一呼吸にて決すれどもくるしかりけむああ幾百呼吸

われら二人の愛のあかしは党を守るたたかいの中にと誓い合いたる

調書もなくて起訴と決まりしその朝心静かに護送車に乗る

薫香を焚きしめて納むるデスマスク月の命日一人静守る

二抱えの幹にすがれば樹の心伝わる想い吾は泣くなり

獄舎にて詠みたる歌の大方は消えて跡なし記し得ざれば

拷問死獄死原爆死在らしめし此の国を吾ら祖国とぞ持つ

使命のごとうたを詠むなり独房のあけくれに思いの胸に迫れば

回想は吾が終生のテーマぞと心に問いつ見る曼珠沙華

腫れあがりしくちびるめぐる深き痕さるぐつわぞと医師の証言

たどり来しけわしき路の辻辻に君在りて吾あやまたざりき

寝もやらず君が記せし反戦の論文しかとかかげし「赤旗」

陽春のついたち生まれ木曽川の船頭の子の反戦の生涯

木曽川の船頭の子を誇りたる君は眠れり川辺宝江に

レポ渡し笑みて握手しお辞儀して只一回の多喜二の思い出

あぶらぜみ群れ啼く高き窓の下獄舎に臥せし若き日のたたかい

僕もまた人間だからわかるけど致し方なしとつぶやく検事

（以上　選句　平井）

あとがき

岩田義道について取材してから出版に至るまで、二十年余の歳月が過ぎている。資料をあたためていた、などという体裁の良いものではなく、まさに書きあぐねていたのである。

私の書く力に見合った以上の取材は進んでいた。それは、二〇〇七年に結成された「岩田義道研究会」に負うところが大きい。いままでひとりで、ほそぼそと資料を探し求めていたところに、組織された仲間の力が加わったのである。

特に前会長の飯田勇氏、現会長の宮崎侑一氏を筆頭に、会員を支える事務局員の力は大きかった。心からお礼を申し上げたい。

会員数も一二〇名を越えた。会員は一宮、稲沢、尾北、津島にとどまらず、愛知県はもとより、北海道、東京など、全国にわたり広がってきた。にもかかわらずである。

正直、私は自分の気持ちが揺らいでいてなかなか定まらなかった。

何より、人間岩田義道を書きたかった。

くじけそうな私の傍にいつも在って、ゆったりはげましてくれる、おおらかで懐の深い先輩、そんなイメージの岩田を追い続けてきた。

岩田が自己の理想に向かって歩みだした頃、まず突き当ったのが京都大学での大きな学生運動のうねりだった。大学での軍事教練反対の猛運動、大学の独立と研究の自由を叫んでの運動、千余人の京大の学生が参加した。

これが岩田の最初の運動となり、そして逮捕となった。

その後、日本共産党に入党してからの岩田は、決して折れることのない強さと、この上ない楽天性を兼ね備えた誠実な闘志をもって、弾圧の凄まじい時代の非合法活動をつらぬいて逝った。まさに始まった満州事変、帝国主義に対し激しく抵抗したのであった。

とかく批判されがちな、俗に言うハウスキーパーと呼ばれた淑子との地下活動については、私は淑子の女性としての悲しみを十分理解しながらも、淑子に会って話を聞くことによって、何より大きな救いを得ることができた。岩田と淑子の場合、二人の心が強く堅く結ばれていての共同生活であったことを知ったからである。

しかし、こうした過去の歴史を学んで、いくらかでも知り得たからこそ、今は、不安の方が大きい。

今、少しずつ世間があやしくなっている。どこか、似てはいまいか、あの時代に。発言の自由や集会の自由が封じられたあのころに。岩田義道等が官憲の手にかかって命を失ったあの時代に。その後に何が行われたのか、昭和の悲しむべき歴史が物語っているではないか。

本質は常に過去の経験の中にある。私たちの先人が経験したものの中にこそ、未来を拓くヒントがあるのだと思う。現在、特定秘密保護法、安保関連法、そして共謀罪……、着々と準備はなされている。すでに人々は、空気を読み、忖度が取り沙汰される。

テレビは視聴率にとらわれてか、おもしろ可笑しく笑ってすまされるような番組にあふれている。重たい話題を避け、考えることを避けているかのようにさえ見える。自粛がはたらいているのだろうか。そうではないと反論して欲しい。

いったい、今、日本はどこに向かおうとしているのだろう。世界はまた、さまざまな事情を抱えながら、どこへ向かおうとしているのだろう。

私たちは、本当に、国の未来の在り方を語りたいと欲していないのだろうか。国のゆくべき方向を決める権利は、私たち国民がもっていることを忘れてはならない。

我が国の、憲法問題や、原発問題、沖縄の問題などを話し合いたい。分かり易く問題提起する報道を見たい。専門の政治学者や政治家などだけではなく、ごく普通の人々もこれらの問題や、国の在り方について考え話し合って行きたいと思う。

しかし、弱い私は、だれか、ささやかな権力を持っている人に、にらまれるのだって、怖いと思う。

だからと言って、言いたいことも言えず、時流のままに生きるのもやりきれない。声を上げなければ、拘束も逮捕もない代わりに、何も前へ進まないのだ。

真の言論の自由とは、権力を持っている人の気に食わないことを言う自由こそが保障されているということなのだ。ほんとうは、すごいことだ。

自分は弱くても、強いしっかりした人で、賛同できる人がいれば、一緒に行動したり、ちょっと主張してみたりする。そんな弱者の行動もありだと思う。そして、少しずつ強くなろう、と自分に言い聞かせている。

岩田義道は、ごく普通の人々と平和な世界を欲し、弱い人たちも人間として尊ばれ、自由に生きたいと望んでいるすべての人々と共にありたいと考えていた。これは、普通の人ならだれもが抱いている願望だろうと思う。岩田義道は、その理想を貫くためには命を失うこともいとわなかった。

私は、いつも、岩田義道に「いま、君はどう生きているのか」と問われているような気がしている。

この拙い一冊が、できるだけ多くの人々の眼に触れて、岩田義道を知ってもらいたいと思う。そして、少しずつ強くなって、一人一人が尊重され、住みやすい社会をみんなで作り上げていきたいと思う。そんな社会をつくるのは、一握りの人ではなく、また一人の強い指導者でもなく、私たち主権者、考える民衆の行動力だということを忘れたくない。日本に健全な民主主義が存在することを信じたい。私の力が足りなく、十分に言葉にできなかったことを改めて残念に思っている。

最後に、この本を手に取って開いて下さった方々に心から感謝し、お礼申しあげます。

著者

参考文献

河上肇『自叙伝』(上・中・下)岩波書店、一九八九年
鈴木正『近代日本のパトス』勁草書房、一九七七年
鈴木正『日本近現代思想の群像』農文協、一九九四年
村井福子編『天上大風(村井康男遺文集)』新灯印刷、一九八四年
松本清張『昭和史発掘』第五巻 文藝春秋、一九六七年
日本共産党愛知県委員会編『岩田義道 愛知が生んだ革命運動の先覚者』一九七二年
日本共産党中央委員会『日本共産党の七十年』新日本出版、一九九二年
『現代と思想』十五号 青木書店、一九七四年
『現代と思想』十九号 青木書店、一九七五年
『不屈』治安維持法犠牲者国家賠償要求同盟
『松田解子全詩集』未來社、一九八五年
埴谷雄高『鞭と独楽』未來社、一九五七年
木曽川町史編集委員会『木曽川町史』一九八二年
北條似『鉄鎖―嵐の中の親書―』隆文堂、一九五七年
松山高等学校校友会編『松山高等学校・校友会雑誌』四号
加藤義信『岩田義道伝』(手書き・私家版)、二〇〇〇年頃
家永三郎編『日本の歴史』ほるぷ出版、一九七八年
『女子教育もんだい』(季刊春No.39)労働教育センター、一九八九年
『月刊新婦人』昭和二一年六月号 野加美出版、一九四六年
奥平康弘『治安維持小史』筑摩書房、一九七七年

岩田義道年譜

1898年（明治31）　4月1日、愛知県葉栗郡北方村大字中島1349番地に生まれる。父・竹次郎、母・志ほの長男。

1912年（明治45）14歳　3月、喜多方郡尋常小学校高等科卒業。学業成績優秀で賞として『実業立志伝』を受ける。4月、父の希望をいれ上京、洋紙店に住み込みで働くが、2カ月で帰郷。喜多方小学校の代用教員となる。

1913年（大正2）15歳　10月、愛知県第一師範学校に入学。

1917年（大正6）19歳　8月、名古屋市の貧民窟、貧民小学校などを参観し、貧民生活の悲惨な状態を知るとともに、その救済、根絶について真剣に考える。10月、愛知県第一師範学校を卒業。葉栗郡木曽川西小学校に奉職。

1918年（大正7）20歳　約1年間の教員生活を通じて貧民子弟の救済に努力したが、教育の力、愛の力の無力さに絶望する。煩悶の末、8月、木曽川西小学校を休職。9月、京都帝国大学文学部選科（教育科）への進学を志し、受験勉強のため上京。

1919年（大正8）21歳　3月、掃除夫、新聞配達などをして正則英語学校へ通い苦学を続けていたが、足の負傷により帰郷。5月、同郷の先輩・山田盛太郎に思想の行き詰まりを打ち明け、河上肇の『社会問題研究』を借りて読む。9月、第八高等学校入学試験を受けたが、不合格。

1920年（大正9）22歳　4月、高校受験勉強のため、教徒の平安高等予備校に入る。9月、松山高等学校に入学。

1921年（大正10）23歳　9月、宮本キクヨと結婚。10月、山本幹夫らと松高仏教青年会をつくる。12月、この頃からマルクス主義の研究を始める。

1922年（大正11）24歳　10月、校友会誌に論文『紀年塔』を発表。

1923年（大正12）25歳　3月、京都帝国大学経済学部に入学。10月、逸見重雄、仙波直心らと伍民会をつくり、「共産党宣言」の研究会を始める。

1924年（大正13）26歳　1月、伍民会を「社会科学研究会」と名称を改め、新たに発足する。

1925年（大正14）27歳　9月、「マルクスの弁証法についての一考察」を『我等』に掲載する。同25日上京、関東学連の実情を見聞、あわせて政治研究会、産業労働調査所の会合に出席。10月、この頃「マルクスの弁証法私見」「労働組合法に関する文案」を書き、印刷・配布する。11月、関西学連大会で「教育テーゼ」作成の件を提案（7日）。12月、検束されるが（1日）、4日間で釈放される。

1926年（大正15＝昭和元）28歳　1月、学連事件で検挙される。7月、病気出獄。

1927年（昭和2）29歳　5月、禁錮10ヶ月の判決を受け控訴。上京して産業調査所に入る。11月、病気の野呂栄太郎に代わって『無産者政治必携』を編集・作成。

1928年（昭和3）30歳　2月、日本共産党に入党。8月、検挙される（10日間）。

1930年（昭和5）32歳　10月、保釈により出獄。

1931年（昭和6）33歳　1月、風間丈吉、紺野与次郎らと中央委員会を構成、党再建にあたる。地下活動に入る（14日）。『赤旗』再刊される（25日）。4月、「検事局、内務省、文部省等と手を握ってゐる解党派の新たなる進出を粉砕せよ」を6回にわたって『赤旗』に連載。10月、「中国略奪戦争、ソヴェート同盟への武力干渉開始さる」を『赤旗』に執筆。

1932年（昭和7）34歳　4月、『赤旗』第69号から活版印刷（8日）。上田茂樹、義道との街頭連絡に現れず行方不明となる。10月、東京神田・今川小路の街頭で検挙される（30日）。11月、拷問により虐殺される（3日午前0時35分。35歳）。12月、本所公会堂で労農葬（4日）、官憲の弾圧を受け会葬者190名が検挙される。

（岩田義道研究会　作成）

［著者略歴］

平井 利果（ひらい　りか）
本名、平井利恵。北海道留萌市生まれ。
福井大学教育学部卒業。元教員。
中部ペンクラブ会員。
治安維持法犠牲者国家賠償要求同盟会員。
小説「五月の首飾り」第18回日教組文学賞受賞。
小説「海萌ゆる」三浦綾子文学賞最終選考。
著書に『海萌ゆる』（2015年、風媒社）。
愛知県一宮市在住。

写真提供・岩田義道研究会
装幀・澤口 環

岩田義道　その愛と死の紀念塔

2019年11月11日　第1刷発行　（定価はカバーに表示してあります）

著　者　　平井 利果

発行者　　山口　章

発行所　名古屋市中区大須 1-16-29
振替 00880-5-5616 電話 052-218-7808　風媒社
http://www.fubaisha.com/

＊印刷・製本／モリモト印刷　　乱丁本・落丁本はお取り替えいたします。
ISBN978-4-8331-1132-4